# 初二那一年

任丽倩 —— 著

群言出版社
QUNYAN PRESS
· 北京 ·

**图书在版编目（CIP）数据**

初二那一年 / 任丽倩著 .— 北京：群言出版社，2015.12

ISBN 978-7-80256-951-5

Ⅰ. ①初… Ⅱ. ①任… Ⅲ. ①杂文集－中国－当代 Ⅳ. ①I267.1

中国版本图书馆 CIP 数据核字（2015）第 258268 号

---

**责任编辑**：侯　莹　胡蔓青
**封面设计**：美信书装设计

**出版发行**：群言出版社
**社　　址**：北京市东城区东厂胡同北巷 1 号（100006）
**网　　址**：www.qypublish.com
**自营网店**：http://qycbs.shop.kongfz.com（孔夫子旧书网）
http://www.qypublish.com（群言出版社官网）
**电子信箱**：qunyancbs@126.com
**联系电话**：010－65267783　65263836
**经　　销**：全国新华书店
**法律顾问**：北京天驰君泰律师事务所

**印　　刷**：北京鑫瑞兴印刷有限公司
**版　　次**：2016 年 2 月第 1 版　2016 年 2 月第 1 次印刷
**开　　本**：880mm × 1230mm　1/32
**印　　张**：7.75
**字　　数**：128 千字
**书　　号**：ISBN 978-7-80256-951-5
**定　　价**：30.00 元

# 给逝去的母亲

朋友说，我失恋了
我说，我的母亲病了
当我祈祷菩萨再给我
一个春节的时候
我其实只希望
给我一个最后的母亲节

无数的男人女人说
要相信什么
张开眼睛看
这个缤纷的世界
好像刚刚
从三十年代醒来
隔着一个海洋，我说
妈妈你保佑我
妈妈说
我生这种病
不知道还有没有足够的福
我的眼泪，静静地流
在话筒边，在小径上

# 目录

# 前 言

我想说，这本散文集已经在我的脑子里酝酿了足足二十五年。

回头看看，初二那一年是我人生经历里很重要的一年。从 1988 年秋到 1989 年夏，正好是我上初二的那一时间段。那时候我和爸爸妈妈弟弟以及许多亲戚，住在浙江中部祖祖辈辈一直生活着的小村庄里，过着“天高皇帝远”的日子。

那一年，我第一次意识到了自己生活的社会大环境对自己人生会有那么大的影响。那一年之前，我的世界就是我的家人、家所在的村子里的村民，和离村子骑车半个多小时路程的小镇——横店。爸爸白天在镇上的供销社药店工作，晚上回村里。我和弟弟在镇小学上学，而不是村小学，因为镇小学是全镇最好的。每星期六下午我和弟弟才回村里。

妈妈本来在村里种田，有段时间在供销社做临时工，棒冰厂做棒冰，布店做收纳，几乎各种杂活都干过。爸爸妈妈弟弟和我每晚都住在同一个屋檐下，虽然只是很短很短的一段时间，却是我回忆里最温馨的。尽管爸爸有城市户口，但妈妈是农村户口，在供销社不管干得有多好也永远是临时工待遇，就只好回到村里种田兼开杂货店。那一年之后，我意识到了自己生活在一个有各种各样制度的大社会里。这些制度就像一堵堵墙，你不知道谁在造这些墙但是你天天都可能碰壁。

有些墙很好，可以围成一个房间挡风避雨，给你一个自己的空间，或者防止狼进来。有些墙上有门，你自己努力一下想走就可以走过去，而有些墙上的门是被反锁的，只有墙外的人才能开门让你过去。有些墙没有门，即使你非常想过去也不行。我开始意识到户口制度就是一堵很高同时被反锁住门的墙。只有你学习很努力才会有人给你开门让你走过去。因为妈妈是农村户口，所以我和弟弟也是。除了通过自身努力能考上大学或中专等学校以外，我们的身份几乎没有改变的可能。

这本书的素材就来自于初二那一年老师叫我们写的周记。除了“人物”“背景”和“后记”外，都是以十三岁的“我”的眼光写的。那时候的认知肯定和现在的“我”不一样。每一周我们都需要写一篇周记交给老师批改。初一的时候一周发生什么就写什么。初二的时候老师对我写的周记非常满意，特意和我说不用发生了什么就非要写什么，可以结合发生的事随便写成主题式的周记。那一年不知道为什么，也许是自己观察世界的能力突然提高了，我特别喜欢写周记，而且每次写了都得到很长很长的评语，看得出老师也喜欢我写的东西。

那时候我家里开着杂货店，写语文作业都是趁卖东西中间的空隙时间写。来店里玩的叔叔伯伯们的聊天记录也是我的素材之一。除了村里几乎每个成年男人都吸烟这件事让我很讨厌以外，我喜欢听他们天南地北地聊天。有一次一个伯伯看我在写作业，就问我写什么。我说写你呀，写我二舅在东北养蜂顺便倒卖一些粮票，还有你说的另外一个伯伯在厂里上班和女的偷情被人反锁在一个房间里出不来。他大笑，拿过我的作业本哗啦啦地翻着看，看到有一页上写着如何为实现共产主义做贡献，突然很惊奇地大叫一声，我小时候就写这个题目了，你们还写这个啊？！然后他就把作文本给店里的其他叔叔伯伯们看，说，看看，还在写实现共产主义啊。店里的叔叔伯伯都觉得现在老师出题实在跟不上时代的潮流了。

有好几个比我大几岁的已经初中毕业没考上高中的大哥哥们，开始学盖房子或雕花手艺的，也经常到我们店里来玩。确实很少有大姐姐们专门来店里玩，因为她们是女的，有空总得在家里做菜洗衣服帮忙干活。大哥哥们经常拿着我的周记和老师的评语当读物，顺便拿周记内容开我的玩笑。他们玩笑开大了我就把他们的丑事写到下一周的周记里。

那一年我记得写了很多，一个学期下来其他同学一本周记本都没写完我已经写到第三本了。学期结束后的暑假里我也继续写，尽管老师并没有要求。不过语文老师说多写对初中毕业考的作文考试有帮助。这些周记本我一直保留了很多年，没有让妈妈拿去卖给收废品的老婆婆，或者在灶房里作点火用的废纸。有时候依着外公的建议练钢笔或毛笔字，我就把这些周记抄出来。外公也觉得我写得还可以，称有点记者写通讯稿的味道。

不过这么多年以后，家也搬了几次，那些周记已经不知去向，也许还在老家的某个角落妈妈去世前特意为我整理的箱子里留着。不过，庆幸的是那一年写过的很多主题到现在我都清晰地记着。我凭着记忆再写了一遍，算是给自己的孩子留下一点点回忆，同时也希望能给其他穷人孩子一点点鼓励。

穷大部分是物质的，但也有心灵的。现在很多的“二代”小孩，看到他们心灵的空虚，觉得他们也是穷人。说真的，按统计局国民收入的算法，那时候我们村子里的人都是穷人。但是我知道我们那时候的生活经历，吃的都是有机的，喝的井水没有什么污染，家人都在身边，换个国民幸福指数的算法说不定还能挤进中产阶级呢。不过有一次在《纽约人》杂志里看到一个图，里头的原始人互相抱怨说大家都吃有机食品，呼吸最新鲜的空气，怎么只能期望活到三十多，而现代人吃垃圾食品不锻炼竟然也活到六七十岁。这也是事实。当时的农村里有新鲜空气，但是没有现代的医疗设施。

无论贫穷或富有，精神的力量都是激励和鼓舞人心的。教育没有让我成为大富豪。但是因为教育，我现在的生活与小时候或者与父母亲的生活相比，或者与同样聪明但没机会上学的同龄女孩子相比，无论是物质上和精神上都丰富了很多。再说现在这社会，如果教育能让所有人都成富豪名人的话，也用不着天天给小孩子讲教育的大道理了。事实是聪明又非常努力的人最后也是当普通人的多。

这里所写的都是散文，而不是事事可以考证的自传。尽管这书里发生的事都是真的，但是我对许多事情记录的顺序作了改变同时人名隐了不少。这么多年的记忆也已经不能完全忠实于事实了。如果有时间，我更希望把这本书写成纪实的，因为我一直认为现实比小说更生动。我的专业是经济学而不是文学，写纪实应该更有优势。但是现在自己的时间和能力都有限。母亲突然得癌症去世，让我意识到人生之苦短。以前从来没想过死亡的我，突然之间经常觉得死神就在不远处。我宁愿把不完美的半成品先写出来，也不希望有死去了带走所有的记忆却什么都没留下的遗憾。

当我看到很多本应在学校接受教育的孩子辍学去城市打工，他们中的一些孩子尤其是女孩子甚至为了一点钱就把自己的身体和尊严给出卖了，就想把自己的经历写出来。希望这些孩子，尤其是女孩子，能够知道教育可以给你一条更好的路。只是希望自己的故事能让慢慢成长的女孩子意识到一点：很多时候，得耐得住寂寞，不去嫉妒甚至伤害别人，走自己有目标的正路，让别人去说吧。这很难做到，但是如果做到了对一个女孩子来说会终身受益匪浅。

当然大家可能更喜欢读鼓舞人的传记，譬如奥巴马这样从单亲的混血黑人做到美国总统，或者索尼亚·索托马约尔（Sonia Sotomayor）这样出身贫穷最后却成了美国第一个拉丁裔女大法官的故事。希望我的这些回忆最后不是以我的成就来鼓舞大家，而是以一个物质条件不好，现在已经渐渐消失的村子里的故事，激励大家在信任度非常低的现实社会环境里，重新拾起真情和幽默，改变现有制度里不好的东西，给未来的孩子一个更好的社会。

希望大家在这本小书里，看到更多的是我的亲人们对我“要诚实地活着”的教育；看到村民们尽管都有着人性的弱点，但是最终都不论贫富贵贱而同舟共济；看到透过泪水汗水的真诚、笑声和家庭的温暖，以及对未来社会变革的责任、信心、希望和憧憬。希望大家意识到，农民或底层的人需要同情，不是因为他们比其他人更善良或者人性更淳朴，而是他们往往受到了社会制度的歧视。希望看了这本书的人，能够大声地说：不管是不是农村来的，作为中国人，户口这种歧视性的制度不是我们想要的。我们讨论户口或其他制度改革的时候，不需要来个“但是”。我们不需要提供更多的户口制度该改革的经济原因或者道德原因。户口制度改革最终能成功的原因就是我们作为一个社会的成员，不想要这样的制度继续存在。就像废除裹小脚制度一样，时代不同，所以生活应有所不同。

# 引 子

**人物：农村女孩**

这么多年来，每每在新闻里看到关于农村的报道时，其中的话语或者观点经常是稍稍带点歧视性的，譬如“凤凰男”、“凤凰女”等等。张艺谋、莫言作品中的北方农村对我而言又陌生得如同是另外的国度。从小也许是没有电视机，更主要的可能是南方的春节比较暖和，所以过年做大餐，做龙灯、彩灯又看戏，从来也不看春节联欢晚会。这样也不错，不用年年看赵本山刻薄地专挑我们农村人的短处逗全国人民笑。

其实农村来的人确实比城市里的人少点“文化”。正如大家都知道美国黑人犯罪率确实比白人犯罪率高一点，可如果你把这个事实平白无故地说给你的黑人朋友听还要以此逗他笑，他不见得听得舒服。不过黑人朋友可以请愿抵制甚至要求电视台不让你再上电视挣钱，而我们那时候最多就只能不看春晚罢了。

上大学离家后，周围的一些人有时候会很自然地蹦出句“农村来的，都没什么文化，能拿他怎么办”的评语。而当听说我就是农村来的时候，又不知道该怎么回答，往往会用“你还真不像农村来的”这句话来掩饰他们说了不合适的话的尴尬。还好自己长大的过程中，周围的人几乎都是农村生农村长，再加上大部分人家都买不起电视机舍不得订报纸，倒是很少面对这些让人尴尬的评语。

上世纪八十年代人口流通和计划生育的限制都很严。当时基本上不允许没文化的农村人去做城里人，只允许有了点文化能考个中专大学的农村人拿城市户口。国家也不允许有文化的城市人到农村里来做个农民，顺便提升一下我们农村的文化水准。近朱者赤近墨者黑有了双向流通最后才有紫酱缸。只有一个方向的流通最后自然红的越红，黑的越黑，农村也一直都不如城市有“文化”了。

到了这二十年后的 2014 年，人口流通和计划生育的限制都已经有所放开。在乡镇一级农村户口和城镇户口已经基本上没有区别了。已经有些城市在房地产不景气的时候提供买房加送此城市户口的政策。许多城市允许外来员工出示一定期限的暂住证、纳税证明和稳定工作证明就允许子女在城市里入学。户口一定得随妈妈的规定也彻底改变。在乡镇一级很多地方农村户口都已经改成了城镇居民户口。“单独二胎”“双独二胎”的出台也是计划生育政策渐渐松绑的最好例证。

现在很多人开始持“户口已经不重要了”的态度。其实如果户口真的不重要了，那就取消户口制度代之以全世界都流行的全国性居民制度好了。就像从村选举到镇一级更大范围的选举走了很多年还在继续一样，从乡镇到市、省甚至全国范围内的人口无阻碍流通也有很长的路要继续走。许多认为户口不重要的人马上又会说现在完全取消户口那社会还是会乱的。这其实是最自相矛盾的说法。取消户口制度能让社会乱起来，其实证明户口还是很重要，只不过和二十年前比相对不太重要而已！

有些人认为户口已经不重要，重要的是好的学校这样的资源太稀缺。当然经济学的代名词就是“稀缺社会科学”，因为世界上如果没有资源稀缺，也就基本上不需要经济学这门学科了。好的学校总是稀缺的，因为最好的学校总是只有一个。中国美国都有好学区和相对差的学区。这种学区之间的差别在美国尤其明显，所以好学区房房价也高不少。资源稀缺的时候只能采取一些办法有效地分配资源。这是经济学研究里很重要的一个课题，甚至有为此而得诺贝尔经济学奖的。现在好的学区入学仍然是有城市户口的学生优先，外来人子女排在后面，就显示了稀缺资源的分配仍然在用户口来区分等级。这仍然是活生生的“户口”歧视，和二十年前相比歧视程度少，但是歧视本质并没有改变。

当然还有人认为在分配好学校这种稀缺资源的时候，自然应该优先照顾城市户口的人，之后才能轮到外来人口的子女，因为城市户口的人在城市里生活的时间久，纳税也多。这种想法听起来似乎很自然，但是多想想会让你意识到这意思是有钱的人纳税多了就该有优先权。有这种想法的是因为我们在有户口的制度下生活太久了，总是认为有户口的人该先享受到某些待遇。如果我们平常的出发点是所有人都是公民，那么大家就会意识到户口在任何时候都不能拿来做歧视的准则，就像性别和肤色在法律上不能拿来做歧视的准则一样。

有的城市里的人认为，如果外地人来这个城市觉得受户口歧视，那你就不要来我这个城市，回你户口所在地去不就不会受歧视了嘛。这个说法其实多想想就很荒唐也很让人心寒。首先任何城市都不是属于某个人，或者某些人的。没有人有资格说“这个城市是我的不是你的”。同时作为在美国生活的中国人，听到这种说法会让自己倒吸一口冷气，因为在美国遇到最堵心的事，就是反对移民的某些美国白人说，“滚回你自己的国家去（Go back to your own country）”。

生活中确实很难做到同一个想法在不同时间里的一致性。到了美国之后发现一提到现在的美国人反对移民，就有人感慨其实大部分美国人都是移民的后代，不该多年的媳妇熬成婆反过来又为难新媳妇。在国内的情况是三代以前大部分的城市人也都是农村来的，但是照样不妨碍他们开农民玩笑，反对农民工的孩子在父母身边上学高考。

这些年我看到有些农村的孩子上个学还是和以前一样艰辛，尽管国家在名义上已经用法律来保障义务教育了，可实际上并没有达到理想的结果。有时候媒体发表许多“感动中国”的照片，叙述农村七八岁的小孩要翻山越岭一个多小时才能上个小学，甚至有的还得背着个小弟弟一起上学。这些照片经常让我想起妈妈说到她小时候背着小舅舅一起去上小学的情景。想起妈妈笑着和我们回忆，说那时候小舅舅如果在她们上课时闹的话，和妈妈同班的玉舒阿姨就经常自告奋勇地带小舅舅到教室外面玩。这个安排让爱学习的妈妈，吵闹的小舅舅，不爱学习的玉舒阿姨和上课的老师都很高兴！

现在农村有一些医疗保险，比十年前已经好了很多，但是媒体的眼睛也不完全是瞎的。每天的报纸里都有看不起病的农村和城市低收入家庭的无奈故事。即使是家境还算好的，一有家人生病也经常要面对天价的医疗费用。如果说义务教育和农民基本医保真的已经99%落实，那么我们应该只是偶尔听到一些落实不到位的新闻，而不该是天天面对这些读书难或看不起病的新闻。说真的，第一次、第二次看到这些“感动中国”的照片或新闻还真有点感动，等看到第三次的时候就已经没有任何感动只有愤怒和羞愧了。

当然也有人感叹，过去的农村孩子上大学后就能改变命运，而现在的农村小孩即使上了大学还是改变不了底层的命运。无论是中国还是美国，大学生越来越多，上大学费用日益高涨，上大学到底有没有用在美国这边也常有人讨论。对很多人来说，初中或高中以后接受德国式的技术教育可能会更适合。但是至少美国现在的数据仍然显示，上大学的回报率在降低，但仍然比不上大学的回报率要高出不少。

作为上世纪七十年代中国最底层的农村里长大的女孩子，我个人是相对幸运的。因为就大环境而言，改革开放后的浙江人均收入在全国各省里排列前茅。即使是改革开放前，浙江的农村和其他省的农村相比生活还是比较富裕的。不过浙江的自然资源比不上其他省份，所以也有人去江西打工，或者去东北养蜂。比较富裕的农村家庭不需要在给儿子还是女儿支付上学费用这件事情上做选择，基本上只要谁能考试考到哪里谁就可以上学上到哪里。

小环境而言，当过老师已经退休的外公是那个年代即使是城市里也不多的高中生。平常他自己除了干点农活就是以写字画画拉二胡看书为乐。大舅舅是村里少有的大学生，二舅舅是小学老师，小舅舅当过老师，在自学拿了律师文凭后到检察院的经济监察科工作。尽管爸爸妈妈和他们相比学历最低，是文革中耽误了学业的初中毕业生，但在村子里爸妈已经算是有文化的人了。村子里的老人基本上都不识字，小学毕业就已经算是读过书了。和妈妈同龄的很多婶婶大都是勉强小学毕业。同村的和妈妈同班的十几个小学毕业生，只有妈妈一个人考上了初中。因为有这样比较重视教育的家庭环境，我和弟弟在上学这件事情上比一般的农村孩子要幸运得多。

外公外婆家在村头上台门，二舅舅家在村中的中台门，我们家在村子的下台门。每家有好吃的譬如杀鸡了或做新鲜的鲫鱼黑鱼，就会派孩子去叫上另外两家，或者把好吃的装在陶瓷杯里叫小孩拿着竹篮提去另外两家。记得有一次晚上表妹们全家一起来吃西瓜，琅琅表妹被我家门前操场上卷好的晒谷子的席子绊了一跤，脸上被小石头磕碰了个小坑。很长一段时间她会笑着指着自己的脸说吃西瓜吃了个洞。我也记得自己是在二舅舅家第一次吃到了热带水果菠萝。

不上学的时候每天有一半的时间都在外公外婆家吃饭或玩耍，感觉所有的家人平常没病没灾其乐融融的。更轻松的是尽管外公和二舅都是老师，却非常反对给孩子开学习小灶，拔苗助长，奉行学习要孩子自己想学才能学到东西的教育原则。印象里他们从来没有亲自来教过我们课本上的东西。平常感觉妈妈和外公最不重男轻女，而爸爸，外婆和其他亲戚们，心里即使有点重男轻女，但实际上他们并没有随着村子里浓郁的重男轻女的风气来对待我和两个表妹。我想其中的原因也许因为他们有的教育程度比较高，也许因为我有一个弟弟，也许因为我的成绩非常好。

这不是说他们一点都不歧视女孩。尽管我学习成绩好，他们经常担心这是暂时的，因为他们觉得女孩子越长大越分心而男孩子越长大学习越有后劲。那时候我真希望专家们研究一下是不是真的女孩子越长大成绩越没有后劲。他们不会很明显地重男轻女，但是仍然有着最终这世界是男人干大事女人干家事的思想。外婆很明显地以她有三个儿子而自豪，但是很少以她唯一的女儿，有孝心又聪明漂亮勤劳的妈妈自豪。她有时夸舅舅们怎么对她好，但是基本上很少听她夸妈妈对她有多好。外婆也明显地偏心弟弟而不是我和两个表妹，有什么好吃的总是先藏着给弟弟吃。

如果我没有弟弟而有一个妹妹，我知道爸爸肯定会觉得和有三个儿子的二伯伯比，我们家少了点什么。弟弟出生时计划生育刚刚开始实施。邻居婶婶生了两个女儿还是罚了点钱追生了第三个孩子。我相信如果第二个孩子不是男孩，爸妈就很有可能会宁愿罚款也要追生第三个孩子。不过他们估计不会像一个远房三代单传的堂叔一样全家离家出走，等到生了儿子才回村来。

有了弟弟后，妈妈就服从党的指挥做了结扎手术。当然不服从指挥的话爸爸估计就不能继续在供销社上清闲班了。幸运的是一家之主外公，还有从来都以我为豪的妈妈并没有因为我是女儿就限制我的成长。但是村子里重男轻女的风气还是很重的，尤其是爸爸这边的一些亲戚。所以我很能理解很多时候，作为一个女孩子会怀疑自己的能力和追求，因为周围的人都认为女孩子最后的目标是找一个可以依靠的男人，而不是提高自己的学识修养，有一个自己依靠自己的独立人生。

在那样的环境里长大后我就深刻意识到，即使今天不如意，我们也必须相信明天会更好，必须学会让自己的心情不太受别人的行为影响。当你暂时没法改变周围的制度的时候，相信自身的努力仍然会有长期的回报。但是仅仅只靠自身努力而不去想着影响社会也是不够的。现在的女权主义者老是要求我们女性提高自我修养，要上得了厅堂下得了厨房，爱情家庭和事业都能做得像模像样，但是公共政策和制度上的改变对短短人生的影响远远超过了自身努力能达到的高度。

如果公司和国家部门总是给同等资历的女性更低的工资，社会也不提供高质量大众负担得起的托儿所幼儿园服务，那么一般女性就必须在家庭和事业之间做更艰难的“鱼和熊掌不可兼得”式的选择。最近美国数据显示做了母亲的女性事业经常受阻，所以就有很多人出来建议女性尽量不要辞职回家带孩子，永远要对事业“挺身而近（lean in）”。其实无论男女任何人都必须在家庭和事业之间做一些选择。但是在想要孩子又没人帮你带，高质量又比较便宜的托儿所服务又缺少的情况下，只有家庭条件很好的女性才有资本在那里谈家庭和事业双丰收。一个女性自己持之不懈地努力努力再努力的确可以相对提高这个女性本身的生活，但是只有好的帮助女性的事业和家庭的公共政策才可以让所有女人收益。激励农村人好好学习天天向上却不谈废除户口制度，也是同样看清了树木而没看到整个森林的道理。当然很多时候，一介草民能做的，只能从好好学习期望着天天向上做起。

上世纪八十年代浙江的农村尽管比其他地方的农村富裕一点，但实际上插秧割稻子仍然是全手工，上厕所仍然得蹲茅坑。电灯每户人家都有，这几乎就是大部分人家唯一的电器了，而且还常常断电，晚上经常得用蜡烛或美孚灯。每个小孩都得干农活，同时听大人们教育我们要好好读书跳出农门，这样以后就可以不用再干农活了。

我意识到因为计划生育政策，有亲戚为了生儿子偷偷把怀了五个月的孩子打掉，打下来才发现B超做得并不准。我也意识到只要你考试考得好，即使你有点穷也能上当地最好的初中和最好的高中，但是实在太穷的话就会付不起学费。有些穷的亲戚八月底到爸妈这儿借钱交九月一日开学需要一次付清的学费。很多时候他们来借钱就到后屋厨房里找妈妈，或者在前屋杂货店里等没有顾客的时候再开口。有时候他们来了店里但是店里还有顾客就会耐心地等着。有些顾客以为他们要买东西就会谦让着让他们先买。这时候我和妈妈都默默地配合他们，因为我们猜他们可能是借钱来了而不是买东西。妈妈平常总是很爽快地借给他们钱，尤其是小孩子的学费。不过看到一个大人小心翼翼地借一点学费钱，心里就觉得非常怜悯。这时候就意识到长大成大人并不一定什么都更好，也庆幸我们家没有穷到需要到别人家借学费上学。

在这个制度下，爸爸妈妈不用担心我有没有打各种各样的预防针，因为医院和学校会安排护士到班里统一让每个人排队打针。如果你怕打针在同学面前哭了，那么你的名声就会一落千丈，好几年都不见得能东山再起。那一年，我意识到了，大制度和小人生交叉着，让你哭让你笑让你有时候无可奈何。

社会制度的改变很难，因为人性使然。大部分人只看到自己受不公平的地方，看不到别人受不公平的地方。住过桥洞的穷人，有钱了以后也会忘记住桥洞的无奈和辛苦，然后以保护城市景观的名义，制定一个“不准住桥洞”的法律。所谓多年的媳妇熬成婆，转身开始刁难新媳妇，用来比喻跳出了农门的城市人转身开始不经意地歧视农民也很贴切。尽管大家都知道，当你在许多对别人不公平的制度面前沉默的时候，未来总有一天，也不会有人为你所受的不公平发声。

要说服一个人很难，所以社会变革就更难，用利益引诱出变革成了不得已的下策。人长大了都不太肯改变想法。很多时候只有一代有老思想的人过世了，社会里才会由新思想主导。社会问题不像物理化学这样的科学问题，两个人面对同样一个社会现实，可以得出完全不同的结论。譬如现在2014年的情况，一个人可以得出户口制度已经不重要了的结论，而另外一个人会得相反的结论。社会科学很难精确回答“假如（what if）”的问题，因为宏观上的社会问题没法像物理问题那样做实验看结果。谁都没法准确回答如果当初没有实行计划生育政策，中国过去三十年是不是会有人口爆炸导致民不聊生。谁都没法准确回答如果马上取消户口制度中国社会会不会乱，但是好的经济社会历史研究还是能提供一些答案的。

大部分人都害怕社会改变，尤其是经历了动荡近代史的中国人。美国奴隶制的废除和民权运动成功的背后是战争和鲜血。大家往往一讨论国家大事，总是先把不好的贪污腐败、不公平的现象大批一顿。但是如果年轻人稍稍提几句该改变一些东西的话，譬如要更自由，要把贪官选下去的时候，老成一点的人马上就说咱中国太大不能太自由太开放，一开放国家就乱了。对我这样从农村出来的知识分子来说，更失望的是很多研究中国农村问题的学者，最后得出的结论都比较带有“父母主义”的意识，认为农村人没有足够的智慧解决自己的问题，需要有城市里的能人来为农村制定更好的改革政策。在谈到这些制度改革的时候，最常见的回答就是间接地反对改革："对，是得改，但是一改就可能乱。"

可是事实是很多制度没改变的时候社会里充斥着悲观的预言，而真正改变后却并没有带来洪水猛兽。现在既得利益最多的人最不愿改变一些东西，因为一改变有点资产的人都怕秋后算账。事实是农村人并不是想打倒城市人分财产，主要就是想在户口教育医疗这些民生政策上和城市人享受一样的公民待遇。农村里有足够的对农村现状和外面世界都了解的人，来制定适合农村的改革政策。我们完全可以慢慢地改变。如果不改变，我们不仅仅是在自欺欺人，更对不起我们中国人在乎的后代。

## 背景：我们任湖田村

我出生那会儿，村子里基本上没有外地人。除了几家上门女婿，所有的男人和孩子都姓任。详细的家谱记载了二十几代人从同一个姓任的祖宗一代代相传到村子里的每家每户。我们属于县级东阳市，但是说的东阳话口音却和其他乡镇不一样。

好朋友来自兰溪，也属金华地区，她老家电话号码的区号和我家一样。开车从横店到兰溪也就一个小时的路程，可是我们俩都听不懂对方的方言，平常只能用普通话沟通。我那个生在市里比我小十多岁的表妹能听懂东阳话，但是已经不能说很正宗的东阳话了。现在学校里更强调学生彼此之间说普通话，电视节目也都是普通话。因为东阳话用的字和普通话是一样的，所以未来家乡的人估计东阳话普通话两个都说，甚至只说普通话了。不过很多东阳人说的普通话，拼音里有没有“g”音是不分的，譬如“上床”和“上船”是一样的。翘舌音也是没有的，“人”和“冷”也差不多。我自己老家人都叫我“青青”，刚开始咋一被普通话叫做“倩倩”还挺别扭的。不过东阳人因为外出做生意的多，似乎全国各个角落都有，所以大家就自嘲“东阳加普通，全国都通用”。

现在我住在美国。如果对我不了解的美国人问我哪儿来的，我就说是中国。这样他们马上就意识到是指中国大陆，因为台湾和香港的同学基本上很少说自己是中国来的。如果这个美国朋友对中国的地理还有点了解，问大陆哪个地方，我就会说是上海南边的那个省，叫浙江省。如果这个美国朋友比较友善，我会解释一下上海是个中央管理的直辖市，类似于美国的首府华盛顿，不属于任何一个省。现在的上海人，三代之前很多都是从浙江宁波那一带搬去的。在中国，这样的直辖市现在加了重庆有四个。很多美国朋友都不知道重庆，不过你用薄熙来的名字点拨一下，他们也能似懂非懂地点一下头，因为这边的报纸对那个案件有不少头版头条的报道。很多时候我从哪里来的谈话就到此为止了，因为知道浙江或者杭州的美国人少之又少。

但是如果碰到海外的华人问我哪来的，就不需要拿上海当坐标，直接可以说我是浙江人。大部分人对浙江都有点了解。去过杭州的即使不好意思说自己在西湖边吻过最心爱的人，也往往看过金庸小说，到楼外楼点过雪菜鳝丝面。当对方滔滔不绝提到苏堤、白堤、苏小小、周芷若和林徽因的时候，我怕人家发现我文学功底差，尤其是几乎没读过金庸小说，于是马上转移话题，说其实我从小在浙江中部长大。山里的隧道没打通之前从我们家到杭州至少要六个多小时，不像现在有高速公路开车两个小时就到了。上大学之前杭州我也只去过两三次而已。

“我们家在金华地区。”大部分人一提到金华也都知道，马上就提到“金华火腿”很有名。“其实公认最好的金华火腿出自东阳，不过金华是个大行政区，而东阳是县级市，大概人家卖火腿的为了打出个好记的品牌，就用了金华。”这时候除非对方是浙江人，或者曾经遇到过从东阳出去做生意或读书的，到这时就不会再问下去了。有时候我会提醒对方，高中语文课本里宋濂写的《东阳马生序》里的东阳，就是我们那里。宋濂是义乌人，很多人马上就说他们听说过义乌，因为有个全国有名的义乌小商品市场。当然现在可以说是全世界有名了，因为上次我去义乌，看到机场里大都是中英阿拉伯语三语标志，甚至还碰到来进货的伊拉克人坐在我边上候机。

我们东阳和义乌尽管是邻居，但是一直心里都有点心结。据说当年造铁路时东阳想要有个站，不过义乌给占去了，便觉得是东阳市领导不如义乌市领导有本事。本来两个县都很穷，因为浙江山很多，自然条件限制下交通不方便，进而一直制约着经济的发展。有铁路的义乌一下子就把东阳甩在后面。东阳人总感觉义乌人有点看不起穷邻居了。我对义乌的印象，在表妹嫁了个义乌人之前也不太好。主要的原因是上大学那会儿回家，火车坐到义乌还得打车到东阳。义乌火车站不允许东阳的出租车在那里接客。义乌本地的车要价都是四十块，尽管爸爸事先说最多二十五块就可以坐回东阳了。

有一次没办法坐上了义乌本地的出租，结果开出义乌城五分钟，到了一个前不着村后不着店的路边，突然停下来要我换已经在边上等的东阳出租车。我很气愤，因为事先不知道怎么回事，心惊胆颤得以为自己被劫了。不过还好东阳出租车司机的一口东阳话让我放心了不少。原来是因为这样交接客人是违法的，因此他们就选在一个没什么人的地方交接客人。东阳出租车司机说义乌司机就是这样能挣钱，开五分钟就挣十五块，因为他转包给东阳出租车是二十五块。而且义乌交警也深谙挣钱之道，他们一边执行规定不许东阳车在火车站接客否则罚款，另一边专盯着这些私下交易的东阳和义乌车罚款。

当时司机告诉我义乌出租车肯定不会直接送我到东阳，因为东阳现在有收费站，如果不是东阳市的出租车就要多收过路费。我刚开始还愤愤不平地怨恨义乌地域保护，现在只能把东阳也一起骂。以后遇上经济学课上老师说地域保护对整个国家的经济发展不利的时候，我就自然而然地想起义乌火车站的出租车来。

不过如果是浙江人，又都是年纪相仿的，对东阳倒也是非常熟悉的。我一提到自己是东阳来的，经常下一句对话就是，“我还做过你们东阳中学的高考模拟题呢”。在浙江，至少在 2000 年前，我的母校因为每年高考升学率很高，除了杭州市里的学生对此不是很以为然，其他地区的高中生很多都听说过东阳中学。我的母校也出过几个名人。第一次在中科大见到公公的时候，他就知道创办中国第一个研究生院的教授严济慈就是东阳中学的校友。还有在台湾有名的报业大佬王惕吾也是东阳中学老校友，给学校捐了不少钱。不过即使是浙江来的，我们的谈话也往往到此为止。东阳下面的那些镇，譬如我长大的横店镇，也是很少有人知道的。

那是因为1997年那会儿还没有横店影视城，所以横店镇还没有什么名气。现在遇到大陆来的人问我哪里来的，我就可以直接跳过上海、浙江、杭州，不用提金华、东阳、义乌，直接就说我小时候住在横店镇。“对，就是那个大家经常在娱乐新闻里听到过的有横店影视城的横店镇。”这个我上了小学和初中，走过每个角落，遍布着认识爸爸可能到他面前告状的叔叔阿姨的小镇，如果没有电影电视行业，即使在东阳市里也是不太出名的，更不要说在全国的知名度了，与现在几乎人人都知道横店的状况是不可同日而语了。

不过即使我对横店这么熟悉，从横店集团，供销社，医院，镇政府到学校有很多我的近亲远戚，但从来不觉得自己是横店人。因为从小就知道，无论以后我走到哪里，我是任湖田村人。听到SAM COOK唱《A CHANGE'S GONNA COME》（改变会来的），“I was born by the river（我在河边出生）”，我就会想起我们村边的河，河边一望无际的竹林，以及竹林边绵绵不绝的沙丘地和稻田。春天的时候稻田休耕，种满了喂猪的苜蓿，我们在外公的帮忙下做风筝，在遍野的苜蓿花地里放风筝。夏天月亮还没下去的时候就去割稻子，割完稻子后爸爸用牛牵着犁耕田。水从上世纪五六十年代兴修水利时爸爸妈妈也参与了修建的渠道里引来后，稻田确实像一面面镜子。我们小孩子弯着腰光着手在淤泥里帮着爸爸妈妈拔秧，而累得让人腰酸背痛的插秧是技术活，只有大人才轮得到干。

任湖田是我的家乡，村子里几百号人都是从一个任氏太公来的。村里的村谱一代一代名字年代记得很清楚，所以村子里的每个人都是亲戚，就是亲一点和远一点的区别。我们家在村子里也算大家族，因为爷爷有四个兄弟。除了小爷爷一家住在东阳城里，其他三个爷爷和堂叔们大都住在村里。爷爷有五个儿子，十五个孙子孙女。再加上妈妈也是村里人，她那一辈有十五个堂兄姐妹，因为外公有三个兄弟。这么多比较亲的亲戚并不是每个人都住在村里，表阿姨和姑妈们大都嫁到外村去了，但也够你一出门就阿哥阿姐阿姨阿叔阿伯阿婶地叫个不停了。住在村头的外公是村子里少有的读书先生，经常有人来就某些事情问问他的看法和意见。我们家开了杂货店，是村尾下台门村民们聚集聊天的中心地带。

村子里的事，小到夫妻关系，大到去了台湾三十多年无法联系现在开始写信回来的邻居阿公近况，这些足够我天天用来做素材写作文交给老师的。

大概因为蒋介石是浙江人的缘故，我们村和浙江的很多村一样，在国民党里当兵的很多，而且不少都是比较大的官。小爷爷是黄埔军校预科生，据说亲手管理过国民党撤退的时候运到台湾的黄金。家里的人都感叹他既没有去台湾，也没有贪污几根金条埋在地里以备日后用着。小小村子里有六七户人家都有直接的亲戚在台湾。我们邻居奶奶是比较典型的那种。丈夫去了台湾音信全无，自己一个人带着两个儿子守了一辈子活寡。后来和台湾可以通信了才知道丈夫在台湾已经有了自己的家庭。不过老爷爷在台湾的妻子去世后回来看了隔壁奶奶和家人，等到政策允许也准备把邻居奶奶接到台湾去住。只是一个女人的最美好的年华就在无尽的等待中消耗尽了。

国民党节节溃败那会儿没人愿意去当兵，而外公差点被抓了壮丁去当兵，所以对国民党极度反感。外公的爸爸很早就去世了，他又是长子，下头三个弟弟还要靠他养家娶老婆，根本就没有想去当兵报国的心思。外婆一提起这个经历已经没了当初的恐惧，只有回忆里的幽默了。

据说那时候村里的地主其实不像书里或老电影里的那些地主那么坏，每次上面人来抓壮丁时就会偷偷通报个信。外公和村里的其他年轻人几次都事先逃脱了。不过有一次来抓壮丁的人非常凶狠，大概是因为当时国民党节节败退，逃兵很多，他们需要抓更多的壮丁来充实队伍。那时候外婆已经有了快四五岁的大舅舅。外公逃走了外婆就对抓壮丁的人说外公最小的弟弟是她的丈夫。而外公最小的弟弟当时才十几岁，够不上当兵的年纪。来抓的人不相信这么年轻的人有几岁大的儿子，就把外婆和大舅舅一并抓去镇里，要求外公去当兵，才能把老婆孩子赎回来。外婆记得当时她和其他被抓的人，要自己走着去镇里，饿了也没人给东西吃。到了傍晚大舅舅就不停喊饿，叫得外婆泪流心碎。一个好心的外村人大概有过同样的经验揣了点干粮，给了大舅舅一点吃的。后来据说托了关系花了钱才把外婆和舅舅赎了回来。外公说如果一个政府把你的老婆孩子做筹码逼着你去效忠的时候，这个政府已经失了民心，活该倒台了。

刚上大学的时候有个同学问我爸爸是不是叫任湖田。我觉得很奇怪，原来他看我填的表的时候把“村”字给漏掉了。他以为我姓任，表上又有任湖田三个字，就肯定是我爸爸的名字了。那时候我这农村来的“刘姥姥”进“北大”还是有点紧张的，因为和很多博识的来自全国最优秀的同学比，我不知道《胡桃夹子》是什么，出门也从来没出过浙江省。但是我知道《梁祝》，知道中国南方的农村到底什么样，分得清麦子和韭菜，也知道怎么收割稻子拔秧养猪养鸡。

我也知道分田到户这个经济政策对农村的影响。妈妈说分田到户大家确实干劲更足了，但是真正让村里人吃饱饭是袁隆平培育出来了比传统水稻产量大幅提高的杂交稻之后。上大学后我算是跳出了农门，分给我的几分地被村里收回去了。大学毕业后我以为北京该给我个户口，但是北京不干，要我把档案寄存，而且还得交档案寄存费。而村子里也不允许我再跳回农门了，因为本来属于我的地已经重新分掉了不说，我要是迁户口回村，村里还得白分给我一点土地征用费。村里不少土地已经很便宜地被横店集团给征用了。这样一来，我虽然辛辛苦苦跳出了农门，却只是个户口停留在“无间道”里的非农非城市没有身份证的海外黑户。

妈妈说没有分田到户和发明杂交稻以前大家都吃不饱，不过我和弟弟小时候基本上没有饿过肚子。外婆做好午饭经常要叫我们先数数有几块肉，中午有几个人吃饭，算算每个人可以吃几块肉。弟弟是外婆身边唯一的男孩，算不来最后肉吃得也不比外公少。而我每次都回答得太快太准确，而忘记了外婆并没有说算对了就有肉吃。

我也知道乡镇企业发展带动国家 GDP 增长是怎么回事，因为好多叔叔伯伯都在横店集团工作，比在公家单位上班的爸爸和其他叔叔阿姨每天喝茶看报要辛苦，但是钱也挣得更多。乡镇企业发展过快而造成的严重环境污染我不用读报纸只要闻闻空气里的二氧化硫臭鸡蛋味就知道。因为村边的小河被磁性厂污染了，所以我们小孩都没像爸爸那样学会游泳。有钱的乡镇企业家可以影响镇政府决策的情况都不用到书里找例子，我们镇就有，因为污染极其严重的化工厂已经造到我们家隔壁了。在集团里工作的亲戚绘声绘色地和我们讲了他的团队怎么一步步从镇上区里市里到省里找关系，有时候是找亲戚的朋友，有时候找朋友的亲戚，拿到排污合格证后，就可以放有臭鸡蛋味的二氧化硫到大气里而没人管。

就像妈妈说的，在横店，我们的生活以供销社为中心，爸爸的同事和许多朋友像亲人一样照顾我们。在任湖田村，干坏事的和干好事的，贿赂的和被贿赂的，接生你的，给你家杀猪的，还有最后给你送终的，到处都是亲戚。出了横店，爸爸妈妈就老琢磨着找亲戚的朋友，或者找朋友的亲戚，希望某个远方的带点亲戚朋友关系的陌生人会看在这关系的面上，让我和弟弟在离家万里的时候少受点委屈。

第一章
# 第一次开始忧伤

十二岁的我第一次体会到了忧伤这个词。倒不是因为我突然情窦初开，在感情上受到伤害或者爱上了谁。

因为我是班长，班里的男同学要不很怕我，要不就觉得我的成绩太好，喜欢我太没有面子。再说初中和高中都是不允许谈恋爱的，喜欢也就是见面互相多看几眼而已。那是烦恼中带着快乐和伤感的纯真年代。

我那时候很喜欢画画，还经常给在金华师范学美术的二堂哥写信问他怎么提高绘画技术。按堂哥的信里指示，我画了好多瓶子罐子和阴影。可是我很清楚地看到自己没有画画的天赋，因为画了很久瓶子还是没有立体感。这让我很心烦，也羡慕和喜欢班里书法和画画不错的同学。有时候自己一个人回家站在窗台上画画，因为供销社的三楼那时候可以“一览众山小”，是镇中心的最高点。反正我画得这么差，在学校里画还觉得不好意思。这算是第一次遇到一件我非常喜欢却做不好的事。

有时候放学后有些同学被老师点名留下来补抄写，什么英文或者数学的作业等等，叫我监督的话我觉得又可怜他们又很不好意思，经常睁一只眼闭一只眼让他们蒙混过关回家去算了。因为我很理解他们答不对题的痛苦，就像我自己想画好画但老是失败一样。我也明白了对有些人来说，画画很容易，就像英文或数学对我来说不太难一样。班上的同学老是很惊讶，譬如我维护自习课纪律时不许大家说话怕影响别人看书，这个时候我会很凶，但怎么在罚他们留下来做作业这一点上这么随便。

外公安慰我说一般毛笔字写得好画画也会慢慢学会的，因为他自己就是很晚才学会画画。可是我知道他在安慰我，因为他会在我的毛笔字本上在老师圈点了之后再圈几个他认为最好的。可是他从来没有把我的画画本拿去圈点一下，尽管我们每星期都有美术课。

我们这些家在镇上的初中生中午和晚饭都回家吃，吃完晚饭还回学校上晚自习。学校里晚上经常停电，我们只好点蜡烛。等到蜡烛快烧完的时候，就把剩下那块蜡放在一个自行车铃盖子里。积多了蜡就可以在盖子中间放根灯芯继续点。眼睛就这样慢慢地被折腾成近视了。我的自行车铃盖子是供销社边上修车的叔叔给的，但是很多同学都是乘管车的人不注意给拧来的。每当看到一个骑自行车的人车上的铃子光秃秃地没了盖，我就想他是否想到最终该怪供电局为了保证城里供电老给我们农村断电而使得他的自行车丢了铃盖。不过现在新的自行车或者日益流行的摩托车都开始用那种一按就响的塑料喇叭，而不是老式的铁皮车铃了。它们的主人也不用担心丢失铃盖了。

每天两顿吃的是爸爸上班的供销社里职工食堂的饭。下午放学后回家时供销社一般都已经关门打烊了。供销社大门是那种两米多高双层玻璃外加铁网保护的沉重保险门。进门要拿拴在脖子上的钥匙开左边那扇门。爸爸单位的方叔叔是个临时工。尽管他也在供销社上全天班，却没有大门的钥匙更没能享受职工宿舍。每次我们都说这个看似很大很保险的大门不顶用，因为不仅仅正式职工有钥匙，我们这帮职工小孩每个人脖子上都挂一个。小偷只要抓住小孩就可以进来了。方叔叔还经常故意学小偷到我们脖子上抢钥匙逗我们玩。这样每次我用钥匙开门的时候都要左右看看有没有生人，然后马上开了进去再在里面赶紧反锁上。有时候我会快步走到二楼的一个窗户边看看外头有没有人跟踪我，因为外头的人应该不会注意到边上有那么个窗户。很多时候觉得自己像个了不起的小侦探。

不过小偷还是盯上了供销社，大概是因为银行或信用社实在不好抢，而且抢了那就是重点案件，全省一通报没有抓不住的，抓住了又肯定是杀鸡给猴看的无期或者死刑。除了银行以外镇上就供销社里有点值钱的东西还值得去偷，毕竟供销社大楼是镇中心唯一的一栋三层楼房。供销社每个部门每天晚上都安排职工睡在临时搭的单人床上值班。到晚上还挺热闹，因为除了中药店在二楼是独门独户外，其他卖鞋、书、布，衣服玩具等部门的陈列柜都在一楼一个挨一个连着的。十几个晚上值班的叔叔阿姨在一起总是挺热闹。

有一天中午回去吃饭，所有人都在讨论那个没抓住的小偷。职工宿舍在二楼和三楼。我们房间在中药店那侧的三楼，一楼的动静我们这个位置是听不到的。有的人说小偷肯定白天就已经藏在里头了，也有人说那小偷肯定不是本镇的，因为镇上的人大家都互相认识。反正小偷来了，值班的叔叔阿姨还是起到了作用，东西也没有被偷走多少。但是小偷跑掉了，因为小镇上跑一小段就会有些小树林，尤其医院后面是连片的田地和小山，一旦小偷跑到了那里就很难被抓住了。很长一段时间供销社的叔叔阿姨都在讨论如果那天自己值班，是不是可以跑得更快一点把小偷抓住，抓住了小偷会判什么刑，自己会得到什么奖励。

连高中的学生都不可以谈恋爱，更何况是我们初中生了。我也根本不想谈恋爱，尽管有些感情好像即使是我这样心里力量很强大的人也无法自主。爸爸除了轮到值班，每天都回村子里住管不到我，但是镇上到处都是熟人，我要是偷偷谈恋爱马上就会有人告诉爸爸。再说所有人都说谈恋爱容易让人分心不用功学习，尤其是女孩子。似乎每个大人都有一个早恋影响学习的例子讲来给我们听，所以好像成本和收益分析了一下后早恋也不怎么值了。有一天一个女生突然对我冒出一句，“是不是喜欢你的男生成绩都会下降？”我觉得非常内疚，更不敢随便喜欢男生了。

我有点忧伤是因为初二这一年一结束，等到初三中考考试前，我需要做一个很大的选择：中考后上高中还是上中专。这个选择尽管是一年以后才需要做最后决定，可是那天翻抽屉看到大舅舅从湖北写给爸妈的信，在信中他建议我考中专。可是如果上中专的话我就再也没有机会上大学了。三年的英文学习也就到此为止，因为中专生不上英文课。但是上中专可以转成城市户口，对女孩子来说一辈子就不用再当农民了。上高中的话还继续是农村户口，考不上大学还得继续当农民。

当然我也许可以等到爸爸退休了顶爸爸的班，这样也能把农村户口转成城市户口，就像二舅接了外公的班一样。不过如果弟弟也跳不出这农门，那么接班的机会总是给他的，就像外公把接班的机会给了二舅而不是给妈妈一样。再说等到爸爸退休我估计已经结婚生出个农村户口的孩子来了。我要是生孩子之前跳不出这农门，以后即使像妈妈一样嫁给城市户口的人，我的孩子还是农村户口，因为户口是随妈的。

像爸爸那样有城市户口又愿意娶农村户口的人是很少的。如果男孩子有出息即使是农村户口，也可以像叔叔那样娶个城市户口的老婆，这样未来孩子就是城市户口。供销社年轻的叔叔阿姨都是正式分配来的，或者顶他们有城市户口的父亲的班，所以都有城市户口。有城市户口的供销社阿姨很少嫁给没有城市户口的人。有城市户口的供销社叔叔们基本上也不会娶没有城市户口的人做老婆。最让我讨厌的是有一两个供销社年纪已经不小的叔叔，脑子长相脾气都很差，几乎没有城市户口的阿姨愿意做他们的女朋友。可是媒婆给他们介绍很优秀的农村户口女孩的时候，他们依然非常挑剔，嫌这不够年轻嫌那个读书太少。每次看到他们我就想，如果跳不出农门我一定不能因为人家有城市户口就随随便便下嫁了。

爸爸妈妈在我的学习上最听上过大学的舅舅舅妈的意见。我突然意识到，一年以后我的生活轨道可能会因为这个选择而截然不同，就因为我没有城市户口而且是个女的。我恋爱还没谈就该考虑未来我孩子的未来了，因为我的选择会决定我未来的孩子是不是继续当农民。

舅舅的信里还提到女孩子上了高中成绩掉下来的可能性更大。尽管我现在成绩很好，但是谁也不知道高中三年会发生什么事。尽管我们村子里现在上重点高中的一个大姐姐成绩仍然很好，但这个例子并不能改变大多数人们对女孩子越长大成绩掉下来的可能性越大的固有印象。突然之间，我很忧伤地感到自己面对着一种说不出的不公平。这种不公平是无论自己做什么都无法在短期内改变的，因为我不知道未来我能不能肯定考上大学。我有 99% 的把握可以上高中考上大学把农村户口转成城市户口，可是我没有 100% 的信心。

突然之间开始莫名其妙的烦恼。有一次看到说有本外国书叫做《少年维特的烦恼》。我们镇上没有图书馆，周围也没有什么人会有这本书。我开始猜想维特为什么烦恼。是没钱治病，因为农村户口的人没有医疗保险？国外有农村户口吗？以前没仔细想过，现在为了自己安慰自己，就开始想周围不公平的事情太多了，不用因为这户口的事烦。长得漂亮的在单位里总比一般人多点便宜。声音好的才可以当播音员。空中小姐只招一米六以上三十岁以下的。有钱人家才能专门请人来教画画或者弹钢琴。新上任的市长的孩子不用参加删选率很高的全市统考就可以上市里最好的重点高中。这些不公平一直都在，可是大家都接受，好像也没有觉得很不公平。

但是这个户口制度，当自己亲身经历到这个不公平的时候，却好像和其他的不公平不一样。仅仅因为你母亲的户口，就决定了你是不是有铁饭碗、医疗保险和退休金。周围的人好像也认为这不公平，可是没有不公平到农村人敢揭竿而起闹革命。是不是自己太脆弱，经受不了这个短期内无法改变的不公平？如果自己成绩差一点，考不上重点高中但是还能考上中专，也就不需要去选择，肯定去上中专了。怪自己成绩太好吗？

在胡思乱想的日子里，我突然间觉得非常的孤单，没有一个人可以互相谈谈。两个好朋友里一个已经是城市户口，另外一个家境很好即使用钱买也要上高中和大学，而不会考虑去上中专。不想和爸爸妈妈谈，因为他们已经为我和弟弟付出了全部。如果提到自己的烦恼，也许会让妈妈更加内疚，因为她的农村户口直接导致我和弟弟也是农村户口。而且似乎和任何人谈除了惺惺相惜以外，也无法改变自己这尴尬又必须面对的选择。从来没有为学习和生活烦恼过的自己，第一次开始体验到了忧伤，也第一次挣扎着，要坚强地排除这种忧伤的干扰，继续努力学习。

这一次我意识到，不让自己无法改变的东西影响心情，是说起来容易做起来难。但是我必须努力不受这负面东西的影响，因为只有努力学习是我可以做到的，而其他都是我现在不能控制或改变的。

第二章

# 我们还活着

1989年快结束了。我和爸爸妈妈弟弟在家数了一下，爸爸今年有两次差点丧命，妈妈有一次差点丧命，我有半次，弟弟有 1/4 次。爸爸说这么算挺有意思，以后每年年底都该这么算一算，才见生命之珍贵。然后爸妈感慨回忆了一下。妈妈说生我的时候为了省钱没有选择去医院而是在家里生，生了大半天还没生出来却生出血了。那真算差点见阎王爷。

年初一开头，爸爸妈妈就差点一氧化碳中毒了。家里的房间都很开阔，屋顶也高，平常有专门的灶间烧饭，烧的又都是柴火，怎么会一氧化碳中毒呢？因为现在大家都买煤气灶，如果炒个小菜就不大张旗鼓地去灶头做饭了。

家里的杂货店是我小学四年级的时候开张的。爸爸妈妈从来不和我们商量这些事，所以有一个周六下午我坐爸爸的自行车回到村里，发现家里买的老房子前面那排房子变成店面了。店面朝着有篮球架的大操场。操场前面是池塘。我回来的时候妈妈在池塘边的石墩上洗衣服。我过去帮了一下忙，和妈妈一起端着洗净绞干的衣服走回店里时，能看到妈妈脸上还有一丝掩不住的喜悦。妈妈再也不用去供销社做召之即来挥之即去、工资低而且除非有大后门否则永远转不了正的临时工了。

等帮妈妈把衣服晒好后，妈妈就给我一副干净的手袖套，教我怎么卖东西了。在镇里相对比较干净，大家除非干脏活平时很少戴手袖套。在村子里就相对脏一点，所以稍微干点活就要戴一副手袖套保护衣服。我可以说从小在供销社长大，所以卖东西不用怎么教也会了。和供销社不同的是因为价格最近变得很快，店里所有的商品都没有标价，不过过了两天所有商品的价格我就差不多都记下了，实在记不住就问妈妈和外公。算账用的是算盘。外公裁纸做了几本记账本，记录买汽水啤酒的顾客是否还了瓶子，因为空瓶子需要带到啤酒厂进货时换。因为怕收瓶子押金费的顾客就到不收押金的另外村小店去买啤酒，所以刚开始不收酒瓶的押金。不过酒瓶还回来瓶口有一点点破就需要顾客赔钱。有时候顾客开瓶盖的时候发现瓶口已经破了，就可以一同把瓶盖和瓶子拿回来退，因为这种情况瓶盖上那块塑料皮一般会有个印记显示瓶口在啤酒厂封口的时候就被压破了。

有时候有的人家买了啤酒好久都没来退瓶子，我们就只好提醒他们一下。有些人会赖账，说什么时候已经还回来了。这时候最尴尬了，因为如果还给我们了我们肯定把账目上那一条给划掉了。你明明知道他们在撒谎又实在不能太撕破脸皮，因为他是顾客。最讨厌的顾客是说他们来还瓶子的时候是还给我或者弟弟了，而我们小孩子肯定当时忘记给划掉销账了。这些顾客明明知道自己在撒谎，但还是把责任怪罪到孩子身上，因为小孩子的话总是不如大人的话那么有可信度。我和弟弟最讨厌这种事，当时我们真的有跳到黄河也洗不清的感觉。

还好村子里就那么几个人干这种事，爸爸妈妈也知道就这几个人会这样。我发现无论是村子，还是学校或者供销社里，总有那么几个大家都知道是混蛋又奈他们不得只能尽量少打交道的人。碰到他们买啤酒第二天就催他们快点把啤酒瓶子还回来，因为他们不还回来我们去啤酒厂的时候就得赔瓶子费。这几个人有时候碰到把啤酒瓶子弄破了就拿个别的类似品牌的酒瓶充数，或者有时候不还给我们还偷偷地把酒瓶卖给收垃圾的挣钱。过了几年后村里几家店卖啤酒和汽水的就都先收瓶子的押金，等到来还的时候把押金退回去。不过还是得用记账本，因为有些根本没在我们家买啤酒的人会拿着别处的酒瓶故意来退押金。哎，这世界总有那么几个人是混蛋。闲着无聊我算了算，发现任何一个地方的混蛋率都在百分之十左右。尽管村子里所有人十八代前是同一个祖宗，十八代以后总有那么几个烂苹果挂在家谱这颗大树上。

还有一种比较尴尬的情况是顾客买东西的时候，譬如买豆腐干，有人就说，“上次买了三包，有一包是坏的。”这时候作为店主非常尴尬，因为谁知道那一包是真坏还是假坏，当时又没有当场拿回来看。当然有可能顾客当时觉得一包豆腐干坏了专门跑来换一下太麻烦，而且她是好心提醒你下次进货的时候要仔细一点。不过这时候你是算她这新买的豆腐干的钱呢，还是不收钱弥补她上次那包可能坏掉的豆腐干呢？周围如果有其他的顾客在就更让店主尴尬，怕留下卖烂豆腐干的名声。

我印象最深的是有一次一个婶婶来买一个一毛钱的饼。她给了我两毛钱，我找给她一毛。那是个昏昏欲睡的夏天午后，妈妈趁有点空去自留地里干点活，我在家看店。大部分人都午睡去了，所以平常很热闹的店里连个打麻将或者扑克牌的人都没有。到了快吃晚饭的时候店里人就很多了，因为大家吃饭聊天看报纸都喜欢到店里来。妈妈也在家。那个婶婶又来了，当着这么多顾客的面，说她记起来了当时她给我的是两块钱而不是两毛钱。我该找给她一块九毛才是。

新版的两块和两毛都是深绿色的，非常像。她说她记得很清楚，因为早上她查过钱包有一张两块的，可是到了傍晚就没了，而这一天她就只到过我们家来买过东西。她说肯定是我弄错了。妈妈问她为什么当时没有提出来，她说当时她也没注意。我说我觉得没有弄错。再说周围这么多伯伯叔叔都知道我脑瓜子和妈妈一样清楚，算账从来没有算错过。她坚持说是我弄错了。我不知道为什么她非要说我弄错了，因为平常她不是那种喜欢揩油的人。而且她就是不走，晚饭这会儿顾客又特别多，大家都听到了这事情，搞得我们有点骑虎难下。妈妈最后就给了她一块八毛钱了事，因为来来往往的村民越多越可能一传十，十传百把这事传得比本来的事情要复杂。

到了晚上打烊了，妈妈对我说其实她觉得我没弄错，可是当时婶婶回来论理的时候周围人这么多，如果让别人觉得我们算错账不赔的话也许就不愿上门来买东西了。再说了这个婶婶嘴巴又很大，如果不给她钱会到处说这件事，还不如给她钱了事。我们一天辛辛苦苦下来，也就净挣个二十来块钱，赔掉一块八挺多的。我很少烦一个人，但是当时看到妈妈眼中的无奈，想起一天下来早上七点多开门到晚上十点多关门的辛苦，就由此非常讨厌这个婶婶。

我当时也特别恨中国人民银行，因为那时候人民币刚换了设计。新版的设计一点都不考虑用户的便利，不仅仅我们这些商家不喜欢，普通人也经常抱怨这些新设计的纸币。那时候我搞不懂为什么货币要换来换去。有个叔叔说有的国家的货币从来不改主要的设计的，就是加点防伪标志而已。但是我又不知道该不该相信这个叔叔，因为我们周围没有什么人到过外国。连外公这样从来不抱怨中央政府的人都说这让他想起解放前国民党统治下物价飞涨货币改来改去的日子，不过他马上又说尽管现在物价涨得也很高，和解放前比还是好多了。

以前老版的两块和两毛在大小和颜色上都差别很大根本就不会搞错。本来我这个小小售货员有金牌算账记录，结果就被这个婶婶的事给弄了个污点。有一段时间她来买东西我就大声说收她多少钱，或者一定要边上有人，这样万一如果再发生同样的事就有个大人作证，因为我实在受不了她给我带来的这个冤枉。

不过如爸爸说的，这种小冤枉算什么，如果我们命都没有的话。妈妈也说这种小事最好的办法就是不去多想，以后尽量避免就是。这世界上太多的人和事会让你讨厌，如果你为此心烦反而对自己身体不好。这事说说容易做起来难的，因为我看妈妈自己就经常做不到不心烦。不过和这一年过年我和弟弟差点成了孤儿相比，这确实是最小的小事。

我们的店面前面是一米多高的玻璃陈列柜台，边上还放了一个给衣服拷边的机器，因为我和妈妈都懂得如何拷边，可以顺便挣点钱。玻璃柜台前面是个小方桌和很多椅子，供大家聊天坐坐，或者凑足人来打牌打麻将。玻璃柜台后面是一条放着一把舒服椅子的通道，我们可以在这把椅子上休息，也只有我们家人才可以在这条通道上走来走去拿顾客要的东西。所有的东西顾客自己是拿不到的，只能看或者问我们有没有货。通道后面又是一排高得快到屋顶的木头陈列柜台。木头柜台后面放了一张大床供爸妈晚上睡觉。大床边上有个很大的七八十厘米高的木柜子。

以前小的时候我们四个人睡一张床。弟弟特别小的时候，爸爸妈妈老怕他感冒，让他睡在爸爸妈妈的大被窝里就很暖和。现在新房子是三层楼的，我和弟弟就睡二楼，爸爸妈妈睡一楼开店的那房间里。店面房后面是一排老房子。老房子正屋里仍然放着爸妈结婚时睡的老式龙凤床，好几个柜子和一个正式吃饭用的四四方方的八仙桌。尽管木头和泥筑的老房子夏天比水泥新房凉快得多，但现在我们都不睡老房子了。老房子的偏屋里放了各种各样农具，坛子罐子和许多木头，最后面的小屋是厨房。过年的时候杂货店特别忙，煤气灶放在后排小屋里做饭很不方便，妈妈就把它搬到店铺里，放在床的边上。这样没有顾客的时候就可以抽空做饭了。

煤气灶打火有时候不灵光，有时候过堂风把火吹灭了煤气还开着，要是有顾客来一忙到晚上，睡觉前就会忘记关煤气罐的总开关。那年大年初二晚上就是这种情况。半夜爸爸觉得胃特别难受，打开门站到门后吐了一下。他觉得肯定是晚上吃饭的时候冷黄酒喝多了，吐完了还迷迷糊糊关上门继续睡觉。妈妈也觉得恶心，不过爸爸说肯定是吃的东西有问题，因为他自己刚刚吐了一下。妈妈就继续迷迷糊糊睡觉。

爸爸起来的时候和妈妈说二楼的灯还开着，说明我又在那儿看什么书半夜不睡觉了，不过他已经在楼下叫了我几声叫我早点睡了。爸爸呼呼睡回去的时候妈妈倒是有点睡不着了。二楼的灯开着倒映在后排老房子上，妈妈在床上侧个身子就能看到。过了好久她看到我还没有关灯睡觉，就起来从一楼走出来，沿着门外的楼梯走到二楼叫我关灯睡觉，否则眼睛近视又会加深。既然妈妈亲自上楼来了我就听话地关灯，准备睡了。

妈妈和我说完话后就顺着楼梯走回一楼。两家共用的楼梯造在叔叔家和我家两个房间之间。因为三楼还没有封顶，一楼的过道门为了方便也没有装正式的门，是和外面的空气完全流通的。妈妈在楼梯上下这么一走，等于在大冬天的室外走了一圈，回到一楼的时候就清晰地闻到房间里的煤气味道。原来刚才爸爸恶心是煤气中毒了，可是他脑子昏昏的到门口吐了一下就回去睡了，并没有意识到屋里浓浓的煤气味。而妈妈一贯灵通的鼻子，平常闻到汽油味就抱怨坐车不舒服，这一次派上了大用场！当然我半夜看书不睡觉也算是救了爸妈一命。

第二天外公和二舅舅来店里帮忙，妈妈的第一句话就是“差点一辈子见不着你们了”。爸爸还笑眯眯的不停地嘱咐来店里的人以后可得小心。二舅舅说咱这中国产品质量就是不行，连个煤气灶这么简单的都造不好，以后这个牌子的煤气灶大家可不能买了。店里有个叔叔说他听说德国产品最好，德国进口的自来水龙头轻轻一拧就拧紧了，而国产的自来水龙头拧到底还经常滴滴答答地漏水。可是进口的东西实在是太贵了。

没想到年初躲过这一劫，年中还得继续躲，尤其是爸爸。外公说这一年七月二十三日的洪灾是他这辈子里见过的第二次大水灾。他和我们说他上一次遇到大洪水的时候还小，被放在一个木头大水桶里逃生。村里有几个老人说今年雨多是因为国家大事太多，死的有大学生和军队里的年轻人，所以天公要报应，再加上新上任的总书记就是要给人民殷泽的，也就是给大家下大雨的意思。舅舅说那是迷信，外公说什么皇帝的名字可以预言未来啊等等都是该抛弃的旧思想。我们村里三家店，老人比较喜欢去村中间那家店里聊天，而我们家年轻人很多。我们不理睬那些老爷爷的时候他们也不愿意理睬我们。不过无论大家在哪家店里聊天文地理，这次发了几十年不见的大水是不争的事实。

外婆家厨房的地基比她家正房和我们家的新房都要低，所以重要的东西都搬到正房去了，就剩外公的自行车放不下，叫我去外公家推到我家来存放一下。这么大的洪水除了老人以外大家都没见过，所以都跑到第二道防洪堤上去看，因为第一道防洪堤已经被冲垮了。村子到河边有几百米，所以大家都觉得应该没事。我也凑热闹去看，因为从来没见过这么大的水，还有上游冲下来的活牛啊柜子呀之类，非常壮观。不过为了推自行车我只看了一会儿就去外公家了。大概十分钟后，我推自行车来到村子正中间的人民大会堂前面的时候，就看很多人往家走，原来短短几分钟第二道防洪堤也已经被冲破了。这可是从来没见过的，于是我很担心水会冲到村子里来，因为第三道防洪堤其实就不能算防洪堤，而是村子边缘的那条路而已。

第二道防洪堤和村子之间是比村子水位低两米左右的稻田。洪水把这些稻田填满了再往上涨，涨到村子那个水位就开始淹到村子了。水来得很急，操场底下的水道和我家门前的池塘是连着的，水压很大竟然把操场冲出几个小洞，让水像喷泉一样往上冒水柱。等到我把外公的自行车推到我们家的时候，大家已经意识到这一次很可能整个村子都要被水淹了。

由于爸爸造房子时的英明决断，我们新家的地基多花了些钱造得很高，所以除非再下几天雨才会淹到。而在另外一个老房子里放了很多坛要卖的黄酒和啤酒，只要不淹到坛口上估计也没事。让妈妈非常心烦的是，爸爸和弟弟竟然和二伯伯二堂哥他们抓鱼去了，因为二伯伯说上游的水库和很多养鱼场都被冲垮了，这次大水难得有免费的大鱼可以抓。他们去的时候根本没想到水会来得这么快，而弟弟连游泳都不会！

不过当时妈妈没有和我说她心里的担心，因为她觉得也许并没有多严重，毕竟二伯伯是非常识水性的，而爸爸自己游泳也游得很好。到傍晚的时候爸爸和弟弟回来了，带回来很多鱼。我和弟弟有新鲜鱼吃就兴高采烈，弟弟还傻乎乎地对妈妈说“爸爸差点游不回来了，我很听话没有过去”。我们看到爸爸脸上有点沉沉的，似乎做了件非常对不起妈妈的事。然后爸爸告诉妈妈说他差点命都没了，以后不能不听妈妈的话傻乎乎地跟着二伯去捡便宜。

原来爸爸他们一行去捕鱼捕得非常高兴，因为洪水确实冲来了不少大鱼。我们周围的小河因为人人都可以捕鱼，已经被捕得没什么鱼可以长成大鱼了。但是突然之间水来得很急，而且水大概是无处可去，从下面一下子漫上来。爸爸在一个田埂上捕鱼捕得起劲，结果一不留神，几分钟后就发现他站的地方已经和二伯弟弟他们站的地方隔着水，而不是本来干的田地了。

这些水大概是上游水库里放出来的水，爸爸游了一段发现尽管是七月天，水却冰冷冰冷，他觉得无力游到二伯那边，只好又游回他站的堤上。这时候天慢慢暗下来了，二伯很严肃地叫爸爸必须一股劲儿游过来，因为下面的水还在不停涨，越涨越没有机会游回来。他们现在站的地方也马上要被淹掉，那时他们根本来不及回家叫人来帮忙。

二伯随身的一个军用水壶里灌了白干。他游过去把白干给爸爸，叫他喝了马上一起游回来。这时候爸爸也意识到了事态的严重，两个人终于拼着命游到了弟弟和堂哥站的那边。然后几个人马上往回走，等到他们走到高处往回看，刚才捕鱼的地方都已经被淹没在一望无际的水下了。

二舅舅听到这事了就直说“姐夫你们这些人真是没读过书的傻瓜，这么大的洪水第一件事竟然想着去捕水库逃出来的鱼，还带着个不会游泳的孩子一起去”。有时候我真觉得爷爷家的人和外公家的人差别很大。外公家都是读书人，平常做事都比较小心，中规中矩的，但是每做一件事或一样东西都接近完美。爷爷家的人都是不太会读书，但是平常比较乐哈哈，还经常做些很傻很冒险的事。

外公教我们做事，总是教我们怎么先把自己的事情做好，譬如要有准备有知识多看多学习。外公自己以前经常出门去挑货物做买卖。给我们讲他的经历的时候，更多的是教育我们要如何做好各种准备，带好干粮和水，和其他出门在外的人如何互相帮助。外公教育一般是顺着先修身齐家再治国平天下的思路。爷爷或者大伯伯如果难得坐下来说几句话吹一下牛皮，就很少提到他们自己怎么努力做好一样东西。爸爸经常讲爷爷挺有经济头脑，除了生姜红糖等小货品，主要卖与念佛有关的蜡烛、香油和各种念经的纸业。念佛的老太太们和各个寺院是爷爷不管庄稼收成好坏，每年需求都很稳定的顾客。而且这两种顾客都比较守信用，因为解放前做小本生意很怕被骗或者赖账不还。大伯伯经常讲爷爷怎么样调动雇来的帮工的积极性，譬如叫帮工出 1/3 成本，也给 1/3 的利润，这样土匪来抢劫的时候帮工就不会扔下挑着的担子和货物一个人跑了。

这一次大概爸爸也意识到他办了一件傻事，运气好捡回来一条命。弟弟毫发未损，我们也美美地吃了好几顿鱼。后来发现虽然老屋里的黄酒坛子没被淹掉，但撞坏了一坛酒，因为以前老屋的地基都是泥筑的，禁不得在大水里泡。泡久了有块地塌陷出了一个坑，所以一坛一百斤的黄酒倒了撞到另外一坛酒上，成了我们这次大水最大的直接损失。

我问外公为什么电视上老是报道解放军帮助抗洪救灾，可是我们这边这么大的水怎么一个解放军也没有来帮忙。而且我们村被淹了好几天也没什么领导拿东西来慰问一下。他说肯定是这次洪灾级别还不够大，否则领导和解放军都会来。因为我们家地基高，杂货店里什么东西都没被淹着，全村人都跟着沾点运气。房子前面的操场里是齐腰深的水，来买东西的大人都是趟着水过来把东西买了放头顶拿回去。好几天水都没退下去，所以店里日常的东西最后都卖得差不多了。

但是外婆却因为洪水后吃了老鼠爬过的东西生病住院了。那次水灾后生这种病的人真多，医院的床位住不下破例搭了临时帐篷，是我从来没见过的。因为外婆住院所以我们去医院看她。以前爸爸去医院看别的亲戚的时候从来不带我和弟弟去。他说医院其实是最脏的地方。记得那次去爸爸几次三番提醒我们医院的东西什么都不能碰。因为来看过外婆的人很多，所以送来很多吃的，爸爸也坚决不允许我们吃。

学校食堂里每天还煎一种中药要求学生们喝。每天要有两个人去挑着一个本来给每个班提供白开水的大桶，去把药弄回班里给大家喝。不过因为爸爸自己就在中药店，我在爸爸单位里喝了几天就不喝了。爸爸私下里说这东西有没有预防作用谁也不知道。不过至少中药店为此挣了不少钱，所以我们也就不用多抱怨了。

我在中药店里趁大家聊天的时候就问谁决定该不该喝这中药。有阿姨说肯定是市领导，有叔叔说应该是省里的领导拍板给大家提供免费中药喝。爸爸就开玩笑说肯定是中医院的医生建议，因为洪水后看病的人这么多，西医科室很挣钱，中医院挣不到什么钱才想出这一招。反正谁也不知道是谁决定的。到了我们这小镇上，每个单位只要执行上级命令就好了。阿姨说你为什么这么想知道是谁决定要求大家喝中药啊。我说我也不知道，就是好奇。也许哪一天我真到电视台当记者了说不定就可以打听得到真正的原因了。

洪水过后的几个月爸爸很听妈妈的话，因为当时妈妈叫他不要去捕鱼他却非去不可，结果差点把老命给搭上了。好几次他说，“有时候你根本就不知道原来危险就在你面前，直到你突然之间和死神面对面。不过有时候人真的有点心理作用，因为我现在也不知道当时凭着什么勇气就游过来了。这种心理的本能就像那次下大雪救了你和弟弟的命一样。”是吗？爸爸以前可从来没有跟我和弟弟提起过这件事。爸爸说以前不想和我们说是怕我和弟弟害怕，两个人在横店单独住有心理负担。现在弟弟都已经十岁上四年级了，和我们说说也没关系了。

事情发生的时候我才上四年级。弟弟到了法定上学年龄七周岁的时候才勉强能够数和写到十，所以不用像我一样提早一年上学。上学前的那个暑假，弟弟的 8 字还是写不好，歪歪扭扭的。爸爸教了半天失去了耐心，妈妈就自己继续教。妈妈教得实在没有耐心了就叫当小学数学老师的二舅舅接着教。二舅舅说教得差点上火，要是别人家孩子都要上鸡毛掸做辅助教育了。当过小学老师的小舅舅有时候从检察院回来，遇到我们和他讲没做好的事，总是不了解情况就说我们是能力不够方法不对。他教了弟弟十分钟就说不用学了，到时候小学一年级老师自己会慢慢教。

妈妈从来不责备两个舅舅的，因为她非常爱她的两个弟弟。小舅舅因为是外婆快到五十生的，比妈妈和二舅小不少，在家里有很多特权。譬如他可以早上睡懒觉，睡完懒觉起来还有外婆做的热乎乎的咸菜鸡蛋肉丝米粉吃，从来不用自己洗衣服等等。小舅回家来二舅还是很高兴的，因为这样两个人又可以像小时候那样捣鼓着抓鱼鳅钓鱼或其他好玩的事。有时候外公有兴致还一起拉二胡写书法。这时候二舅妈也不能因为二舅不干正经事大声抱怨了。不过小舅回来睡懒觉吃米粉二舅看着总是心有不平，和我们说外婆就是宠着大舅舅和小舅舅，对妈妈和二舅这两个中间的就严厉多了。大舅舅在湖北最多一年回来一次，所以外婆把宠爱都给了小舅和弟弟了。外婆这时候听着二舅说她宠小舅经常笑眯眯的，似乎回忆起以前舅舅们小时候的时光，有时候忍不住插一声，“谁叫你小时候这么皮呀，不打你已经算很宠你了。”

二舅说小时候如果自己不听话外婆就会撵走他，让他和妈妈去拔草。二舅还常说小时候如果自己淘气的话，外公就会拿扫把打他，他没等打到就跑到外头去玩一阵子，等玩好了回来外公气也消了。而小舅小时候挨打就知道抱着膝盖蹲着哭，等着宠他的外婆听不下去了就来解救他。二舅这时候也不忘补充一下出去拔草他拔了几下就又玩儿去了，最后总是妈妈把两个箩筐都装满了草和二舅一起回家来交差。

妈妈不怪两个舅舅，又不甘心弟弟没学会，因为到了学校大家都知道他是我的弟弟，老教书先生的外甥，如果连十个数字都写不好太不好意思。也许外公实在看不下去，也许从来不请求外公的妈妈终于说动了他。尽管已经退休很多年不教书了，外公决定自己出手教弟弟。弟弟大概也知道了事态之严重，在外公温和加严厉的教导下，终于把十个数字写得整整齐齐去上一年级了。

这样我终于结束了一个人在横店过夜的日子。每学期的第一个星期最难熬，天天都要哭着才睡着。其实也不是说想爸爸妈妈，也不是说一个人怕，就是觉得一个人挺孤单的。晚上很静的时候突然之间就会哭一下。弟弟来了我不能再自己可怜自己了，因为我是姐姐得照顾他。不过他也很懂事，每天早上打开水的时候我提两个热水瓶他提一个。我们从三楼宿舍走到一楼的食堂去打水，走回三楼经常碰到来买早餐、蒸饭和打开水的叔叔阿姨。他们经常在爸爸面前表扬我们这么小就很懂事，相依为命互相照顾。

那时候弟弟真的是和我一起相依为命的。我们都知道爸妈为了我们这个小家，总是以身作则地努力干活。我们知道对父母最好的回报，就是好好学习，注意身体，尽量不干任何让父母操心烦心的事。当然这也是很难时时刻刻做到的。弟弟和同学打架，或者在镇上和一群同学干破坏的事也不是没有。我记得有一次他同学带信回来叫我去学校领弟弟回来，因为他和同学打架被扣在学校了。他的班主任也是我以前的班主任老师。我去了不免让老师把弟弟的不懂事和我的懂事在弟弟面前比一通，比得让我觉得特别对不起弟弟。第二天我也没和爸爸说弟弟被扣在学校的事，尤其是他被扣的最初原因是同学把他书包弄湿了。弟弟把同学打了，自己也被打了。

记忆里偶尔也有和弟弟吵架经历，但大部分时候还是相依为命互相照顾的多。不过记得有一次吵架后，我晚自习回来，弟弟可能非常内疚，把房间扫得很干净，而且把我的袜子也洗了，让我很感动。还有一次我们本该去春游，他早上起来头痛感冒了。他春游去不成了很伤心，而我对一年一次的春游很向往。他看我一方面特别想去，一方面又内疚，因为我走了就只能留他一个人在房间等爸爸来上班的时候照顾他了。他说姐你去吧，爸爸再过两个小时肯定来了。我还是去春游了，不过心里很内疚，把爸爸原来给我买零食吃的五毛钱全捐给了庙里。

供销社里禁止大家用电炉，因为电费要公家出，但是基本上每个职工都偷偷用。老社长和我们住同一栋楼同一种单间宿舍。除了他的房间离有电视和台球的娱乐室近一点，其余没有任何特权。他也能体会职工的难处，所以对电炉的使用不太追究。

爸爸说那天又和往常一样突然停电了。他当时正在三楼房间里给我们热菜，因为等到我们中午回来吃饭的时候食堂买来的菜经常凉了。而食堂蒸的装在方方的饭盒里的饭倒是经常热乎乎的，那是因为爸爸用一大叠中药店订的过期的报纸把饭盒包好放在棉被里。因为突然停电了就把菜端到桌子准备让我们回来吃饭时将就一下算了。当时刚好二楼药店有点事情叫爸爸，他急急地从三楼房间跑出来到二楼药店里，一着急疏忽了没拔电源。好像是来视察的领导准备亲自走到三楼来和当部门经理的爸爸套套近乎，爸爸一急就又一脚把电炉踹到衣柜下。我们用的电炉瓦数很低，上面也只放得下一个陶瓷碗或陶瓷杯，因为稍微大一点的锅不仅放不稳，而且半天也煮不开水。

镇里头比村里好一点，停电相对少，停了一般不用过一天就会来电。停电了除了没法热菜热饭对我们没什么其他影响，因为我们只有电灯和电炉这两种电器。老师也不会因为没电就允许我们不做家庭作业，因为家家都有备用蜡烛。最多也就是娱乐室那里大家一起看的电视不能放连续剧《上海滩》了。不过如果小孩在娱乐室待久了超过九点，即使像我们这样没有爸爸妈妈在身边的小孩，也会被叔叔阿姨哄赶着回房间睡觉去。第二天还往往被他们告一状。我和弟弟住在供销社有中药店的那一侧。供销社有点像四合院设计，四侧楼中间围着个花园，几个侧楼之间尽管连着但是门总是锁着的。到有娱乐室的那一侧楼得走不少上上下下的楼梯，所以基本上很少去。再说我们平常玩的比看电视有意思多了。

到了下午还是没有来电。因为领导的到来爸爸这个小经理忙乎了一整天，把被他踹到衣柜下的电炉给忘个精光了。下午他把饭照旧包好放在被窝里，菜放在小桌子上，不等我们放学回来就骑车回村子里了。供销社下班时间和我们放学时间一样。爸爸相信我们都比较懂事会先回供销社吃饭做作业再出去玩，所以一般也不等我们。我和弟弟向来很懂事，放学后基本上就回家了。学校里放学了除非老师有特殊指示，平时无非就是值日生把椅子放在桌子上然后扫地。老师宿舍就在楼边上，在学校里放学了不回家马上就会被老师发现。从学校到家里也没什么特别好玩的，路上还总能碰到熟人，该吃晚饭的时候在外头玩难保爸爸第二天不知道。有过几次贪玩但爸爸每次都很神秘地说他“得到了情报”，而且情报还很准确。我们就该吃饭的时候吃饭，吃完饭做好作业再出去玩个够，玩够了也准时回房间睡觉。

那天也不例外。尽管是冬天，我们有时候在楼道里拿着乒乓拍对着墙壁打乒乓，偶尔也找在供销社外住的同学玩游戏，基本上也是跑跑跳跳出身汗。到了晚上睡觉的时候还没来电，不过也按部就班地洗个脸刷个牙就睡了。

爸爸说那天晚上九点多开始下雪。南方下雪的日子很少所以大家都有种莫名的兴奋。到了晚上老是在店里打牌聊天的叔叔伯伯都等不到十点就回家去了。妈妈生了个碳炉热被窝。爸爸总觉得心里有点莫名的不安，把后面小屋的门和前面店里的香烟陈列都检查了一下，还是总觉得有点事儿没干完。躺在床上爸爸终于和妈妈说他觉得他忘记放好电炉了。妈妈叫他再仔细回忆一下，他说记不清是不是把电源拔掉了。

村子里有电，但是爸爸不知道镇上来电了没有。一会儿他自我安慰地说我和弟弟回来肯定会看到电炉的电源插头没拔掉，因为电源就在窗户边，平时我们肯定要站在那儿和在平台上玩的小孩叽里呱啦聊天的。一会儿他又说镇里肯定没有那么早来电。一会儿他说来电了电源没拔也没关系，反正电炉边上也没有什么东西。而且烧得很热的话，我们也会觉察到，并把电源拔掉，不过要是没拔掉他也不知道电炉几个小时空烧着会不会出事故。一会儿他又说他记得把电炉踹到木头的衣柜下了，来电了说不定就烧起来了。

想到衣柜会烧起来就更让人心急了。那个衣柜是爸妈赶集刚买的，还没有刷漆呢。新衣柜靠着装衣服和杂物的老衣柜，老衣柜边上靠着书桌，书桌边窄窄的隔着一个人坐在床边伏在书桌上写字的距离就是我们睡觉的床。外面雪越下越大，爸爸打算骑自行车到横店看看。因为柏油路只有镇中心最繁华的那一小段才有，平常骑车到横店要半个小时。大部分的路是弯弯曲曲的田埂泥路。从我们村到横店骑车要路过十几个村子，以及各个村子之间茫茫无际的稻田。下雪骑车肯定滑得很。爸爸不由得想起前一段时间有个叔叔骑摩托车在田埂路上掉下去，死掉了第二天才有人发现的事情。那时候摩托车只有比较有钱的人才买得起，谁买了摩托车方圆几个村子的人都知道。有摩托车又出事死掉更是大家都知道的大新闻。尽管这路爸爸每天都骑，但这一次骑起来格外小心，因为怕万一他出事到不了横店，我们姐弟两个就要面临危险了。

爸爸说到横店的时候已经来电了。打开房间一看里头都是烟雾，不用开灯就看到新衣柜底下那红彤彤的电炉。我和弟弟在被窝里睡得香香甜甜什么都没意识到。他把电源拔掉开了窗户通通风再关上，也没把我们叫醒。他最后关上门顶着大雪骑了一个小时回到村里，让妈妈安个心。

第二天他来上班也没有和我们讲，就是和中药店的叔叔阿姨讲了这危险的一刻，因为如果烧起来我和弟弟不知道是会被烧死或熏死，甚至触电死还是运气好逃出来他都不敢多想。更何况还会因为私用电炉被处罚。不过电炉还是照样用，就是每天下班之前爸爸会检查一下电源是否拔掉了，也叮嘱我们一定不能在电炉里热东西时跑到外头玩，因为玩着玩着肯定会忘记。

现在我终于意识到为什么放在房间里那个漂亮的雕花衣柜下头会有一大块烧焦的印记。爸妈也一直都没有请人给柜子刷漆，估计爸爸每天看着那焦印，提醒着他我们这一家人活着真不容易。平常碰到接生我的村里老奶奶，也想起爸爸当初为了省钱没有让妈妈到医院里生我，弄得妈妈生了一天生得出血，还好最后我和妈妈都活下来了。这些现在想想有点害怕，不过有怕才能证明我们还活着。

第三章

# 风声雨声读书声

再过一个月就要放暑假了。妈妈说今年暑假我可以和外婆到小舅舅工作的城里去住一段时间，到农忙的时候再回来帮忙割稻子就可以了。这对我来说当然是最好的安排。如果暑假在家，我每天都需要在家里开的小杂货店里帮忙。不过懂事的我心里也有点内疚，因为如果我不在家，那妈妈，外公和弟弟就只好多干点活了。

发现自己突然喜欢某个作家的作品的时候，总在一段时间内爱得忘我，而为什么喜欢这个作家往往是没有原因的，只记得那种废寝忘食地把拿到手的书一并读完的那种快感了。当然林语堂和马克·吐温自从第一次读到就一直喜欢着。鲁迅因为经常出现在语文课本里，再加上他描写的家乡经历，对一个浙江人来说又是极其熟悉的，都做不到不喜欢他。

小学初中都没有图书馆。即使喜欢某个作家，也很难把这个作家的大部分作品都收集来看。我最喜欢语文课本里每一篇文章的第一个注脚，因为这个注脚格式千篇一律，都是短短的一两句话介绍作者生平和名著作的。那些注脚任何时候闭上眼睛一样还看得到。妈妈经常说她闭上眼睛就能回忆起所有走过的路和路边的房子或树木，尤其是我们村子里所有的房子和周围的土地，脑子里就像放电影一样。估计我也遗传了一点她的视觉记忆能力。譬如那篇描述在森林里打猎的文章注脚，就说此文摘自俄国十九世纪有世界声誉的现实主义作家屠格涅夫的《猎人笔记》，其他著名的作品有《父与子》《贵族之家》等等。我脑子里就记了这些内容，等到以后有机会可以把这些书借来看看。

有一段时间不知道什么原因突然喜欢上萧红，读了些她写的东西，读到小时候她爷爷说，“快快长吧！长大就好了。”而长大后她发现，“长大”是“长大”了，而没有“好”。当时觉得她对童年凄苦和长大后的失望描述得真深刻。自己尽管也是穷苦孩子，但是还从来没想过也没必要把所有快乐的希望都寄托在长大后。而且长大后有这么多爱我的家人，日子应该也不会太差。

小舅舅在大山里的小城磐安检察院当检察官。尽管就是开车两个小时的距离，但山里的夏天比我们这儿要凉快得多。除了难得不用干活，我向往的是舅舅那一墙的书。村里镇里都没有图书馆。据说东阳县城里有图书馆，但是好像我们这样不是住在城里的人没法借，更何况去市里坐车就得一个多小时，还得自己出钱买车票。除了爸爸经常要去市里进货，我印象里没去过几次东阳市里，平摊下来一年去一次都可能没有。四年级的时候每个班级拿到一笔经费可以买几十来本书，装在一个纸箱子里，爱看书的人可以每次借一本带回家去看，但都是班主任决定买什么书，学生是没有发言权的。如果谁经常家庭作业不完成，那就不准借课外书了。那时候我每天早上负责检查大家的家庭作业，发现老师却从来不查我做完了没有。除非有时候老师布置的家庭作业实在冗长又无趣，我还是每天先主动写完家庭作业再出去玩的。

因为我们平常就住在供销社的职工宿舍里，每天的报纸倒是很多。中午回家吃完饭我每天从《人民日报》看到《钱江晚报》，看完了再回学校。每份报纸就那七八个版面，有时候边吃午饭边看报，所以很少中午看不完晚上再继续看的。报纸上经常有连载的故事，我喜欢的同样爱看书的阿姨每天都把那些故事剪下来，装订成一本完整的小说后借给我看。我家里有几本书，鲁迅的传记，每个月订阅的《儿童文学》，《铁道游击战》，还有几本我自己三好学生得奖来的《论语》，《三字经》等。

今年我终于有零花钱也得到爸爸允许买课外书看了。我挑了一本名人书信集和一本希腊罗马神话集。名人书信集里有篇傅雷写给他儿子的信。小舅舅说他有整本的《傅雷家书》暑假可以借给我看，尽管我还不太清楚为什么傅雷这么有名，家书都可以结集出版。爸爸有时候能变戏法一样找出本《本草纲目》和另外几本与中药有关的书，因为他是中药师。家里还有一本很厚的关于蜜蜂的参考书，那是从大堂哥那儿借来的，因为他在中学里教生物。本来早应该还给他了，可是他不问我也就顺便忘记还了。

家里还有不少从收废品的阿婆那里换来的高年级课本。阿婆基本上每星期都会到村里来，在各家各户的门口叫唤着收废品，从一个村庄叫到另一个村庄。除了很少几户有电视的人家，一般人家里用电的就是电灯和冬天用的电热毯了，所以她收的废品没有旧电器，基本上就是塑料瓶子和看完的废报纸和书。村子边上有个坑是专门给大家倒垃圾的，里面主要是些连阿婆都不愿收的废纸和石头，因为啤酒汽水瓶子杂货店回收的价格比阿婆的价格高。一般过了一个月等到楼梯底下积的废品多了，妈妈就会把阿婆叫进家来。

每年暑假一开始，阿婆到我们家的时候往往都已经收了大半个手推车的废品了。除非留级，大部分人都把上学期用过的书本作业本给卖了。因为弟弟和两个表妹还可以看一下，我的书就很少马上卖。由于家里杂货店废纸盒很多，阿婆来我家收一次就可以收满回家去，而不用再到下个村庄挨家挨户地推车去收。

阿婆对妈妈总是很热情。妈妈每次就会问她能不能让我们看看她收来的废书，如果有我们喜欢看的就可以拿来抵斤两。这样我很早就知道高年级的课本什么样了。我发现鲁迅的文章在其中特别多，而且越往高年级，那些文章里可怜的人越多。比如我们学过的《社戏》里每个人都很高兴，可是到了《祝福》那篇，祥林嫂就很让人可怜了。

二舅舅是数学老师，语文功底却一点也不差，用毛笔写的大字几乎可以和外公写的相媲美。如果其他老师有事，语文课音乐课甚至体育课他都可以帮着代课。他经常出个语文课里从来不讨论的问题来考考我们。有一次看到我为了背诵正朗朗上口地读《社戏》，就问，“你知道为什么语文课本里有这么多鲁迅的文章吗？”我想了半天，自认为急中生智地回答，“因为他是浙江人，不像北方的作家写黄土高原我们都没见过。他写的好多都是浙江的乡土故事，我们都看得懂？”后来一想，蒋介石也是浙江人，他的文章可是从来没读过。二舅舅没有吭声。“鲁迅有的文章小孩也看得懂，有些大人也看得懂，所以从小学到高中都有？”二舅舅还是没具体和我讨论，就说再学学就可以回答得更好。

外公家离我家走路五分钟就到了。除了厨房，两间正屋都有一面墙是木板的。外公现在不订《人民日报》了，但是以前订的就成了现在木板墙的墙纸。记忆里最早开始学字，就是外公让我随便从墙纸上找个字，然后教我怎么查字典。印象最深的是有时候我在墙上的报纸上看了一篇新闻，还没完，因为版面有限，提示下文需要到另一版面继续。可是外公贴墙纸的时候没顾到这一点，惹得我拿凳子在这两间屋的各面墙上到处找下文。很多时候找了很久也找不到，需要缠着外公让他站在凳子上，帮我看下文是不是在很高的我够不着的墙上。

外公有厚厚的手抄的古诗词，《金刚经》和其他佛经，因为外婆信佛但是不识字。他的手抄对联集子，从结婚，生日，搬新家，祝寿到送葬应有尽有。生日下头还细分不同的逢“十”对联。按二舅舅的说法，就是讨好二十岁的人和七十岁的人该送不同的高帽子。他还有许多春联集子。因为外公的书法好，过年要帮好多家写春联，每家又都不能重复，否则就显得太没文化了。外公看的书，譬如《玉娇龙》和《春雪瓶》，也允许我看，但是要先等他看完。我还知道另外一个堂哥就爱看黄色小说，因为每次不识字的伯母进来他藏也不藏，可是我要去了他就赶紧把书放在床底下。

小舅舅那一墙的书都放在装有玻璃门的柜子里，书和柜子都整齐而且干净。里头的书古今中外小说非小说都有。一看就知道是高质量的好书，而不是镇里租书摊上那些题目总是耸人听闻的书。尽管我的零花钱不少，但我从来没有去租过那些书。我宁愿花钱集邮和买镇上各种各样豆腐，藕或者雪里红咸菜馅的月牙饼，梅干菜火灶肉饼或酥饼吃。

语文课本上每篇文章的作者都带有一个注解，譬如学鲁迅的《从百草园到三味书屋》的时候，就会有个小注，提到鲁迅的原名周树人字豫才，生长地绍兴，还有其他有名的作品，譬如《呐喊》,《彷徨》，散文集《朝花夕拾》等。我对这些注解记得很清楚，不仅因为语文考试有可能考到，而且去舅舅那儿就可以去找那些提到过的书，看看他有没有。外公说勤记性不如烂笔头，建议我把想记住的东西抄在笔记本上，因为抄写一下可以加深记忆。我渐渐地也养成了外公的这个好习惯，因此我对那些注解记忆尤其深刻。尽管我已经上初二了，不用看笔记都可以记得四年级的课本里哪一页上有哪个小注。这让弟弟很泄气，因为很多时候他想糊弄语文作业，以为我老早忘记了，不料我一眼就看穿他的伎俩。

舅舅那儿苏联作家的书不少，譬如两个托尔斯泰，还有屠格涅夫的作品。还有就是鲁迅，郭沫若，林语堂，和梁实秋那些解放前的作者居多。当然他还有很多法律的书，因为他在检察院查经济犯罪的。有个远房的阿姨说舅舅当老师的时候鼻梁本来挺高的，到了检察院就是碰壁碰多了一点，不如以前高了。我想起鲁迅也曾经说过这样的话。然后那个阿姨就指指我的鼻子，说平常应该多捏一捏，因为高鼻子比塌鼻子好看。我知道有的人就是比较看重外表，而且老是对自己的外表不满意。我觉得外表很多是天生的，走路说话谈吐的气质才是后天养成而且重要的，所以对那阿姨的话不屑一顾。

暑假的时候我可以随便看什么书，包括小说类的。上学的时候除了《儿童文学》爸爸妈妈尽量不让看小说，尤其是武侠小说，因为经常听到有人看武侠小说入迷而荒废学业的故事。在学校里老师可以随时没收课桌里的小说，或者他认为学生不该看的书。

记得上初一的时候有一天班主任突击抽查。同桌是班里读书不太好又不太用功的，用我们家乡话叫“大吵蛋”。他和他的一帮朋友那天刚好租了几本小说，被查出来肯定要没收还得赔钱。看在他家境一般，上小学的时候经常在我们家门前篮球场上打篮球，对我妈妈非常讨好，还把篮球寄存在我们家杂货店里的份上，我情急之下允许他把书放在我的课桌里。因为我是班长，老师随便瞟了一眼，根本没想到里头还有其他书。自那以后我这班长更容易当了，尽管以前他们也有点怕我，还给我起了很不好听的绰号。我也不知道当时我为什么帮他，也许我觉得老师随便没收书太不公平了，也可能我知道老师没收了书告诉他爸爸后，他肯定要被实实地打一顿的。

邻居的大哥曾经借给我一本古龙写的楚留香的小说。我倒是周末一气读完了。书不难看，但是总想着那些功夫都是假的，也就没有再去借本武侠书来看的冲动，所以不太理解为什么有人会为此废寝忘食，更不理解有人会为此荒废学业。可以说现在我还没找到一样东西让我入迷得可以荒废学业。不过很多时候我看到弟弟在镇上看别人打最近慢慢多起来的台球，可以看上好几个小时，甚至忘记回家吃饭做作业。有些同学偷偷地去录像厅看武侠片，或到电子游戏厅里玩游戏，一去就是整个晚上。类似放映《神雕侠侣》的录像厅以前都是没有的，现在只要有钱就可以进去，根本不管你年纪多大。真的如外公所说，吸引你的东西越多，就越难做个懂事的学生。不过真正懂事的学生，应该能经得起许多诱惑，能够“耐得住寂寞地活着”。

每次暑假舅舅允许我带两三本书回家来看。我知道其实他挺心疼他的书，因为书一旦被我带回来，就成了公共财产。在杂货店里平常只有在顾客买东西之间的空闲时间才能看。有时候来了一个顾客，在边上等的另一个顾客就顺手把我刚放下的书拿去了。一个暑假下来后这本看起来就再也不像是天天放在书柜里的书了。最糟糕的是有时候书找不着了，于是翻箱倒柜动员每个人每个房间到处找。妈妈很少责备我，不过这时候不免唠叨几句，“你这坏习惯和你爸爸一模一样，什么东西到处随手放。跟你们说过多少次了，一样东西就放在一个固定的地方。”还好到目前为止还没有丢过舅舅的书。不过有那么几本书还给他的时候斑斑点点惨不忍睹，他的无奈也掩饰不住，似乎宁愿我丢掉不还了，省得他考虑半天是不是还把书放回书架里。

最糟糕的一次是再过两天就要开学了，我突然发现暑假作业本找不到了。要知道提前做完暑假作业是爸妈高兴的事，现在找不着了连补也来不及，更不用说老师会觉得你肯定没有做暑假作业。只记得当时有两道题不会做，曾经带着暑假作业本到外公家，二舅舅家还有大堂哥家去请他们帮忙过。弟弟和我从自己家一路找到外公家，终于在一个洗脸盆边放废纸的角落里找到了。找到的时候那个高兴劲儿让每个大人都觉得非常好笑，连外婆都少有地笑着说“阿弥陀佛”。

当时电视里重播《人生》这个电影。而我已经十三岁了，可以在供销社二楼的电视室里看会儿电视，即使电视里有谈恋爱的情节。不过因为十一岁的弟弟还太小不能看，所以我就是在他和其他同伴玩耍的时候瞟几眼而已。这个电影很热门，爸爸中药部门里的叔叔阿姨讨论过好几次了。讨论的主题就是该不该喜欢主人公高加林。中药店里有好几个像爸爸这样自己是城市户口却娶了妈妈这样农村户口的叔叔。讨论结果大部分叔叔阿姨还是偏向不喜欢高加林。也许因为我们都住在大部分人都是农村户口的小镇上，能亲眼看到城市户口的优越性，也就越能深刻感觉到高加林为了娶城市户口舍弃农村户口爱人的背叛。有个叔叔说这个电影改编得不好，原本的小说里高加林没有那么坏。我想这个暑假如果舅舅书橱里有《人生》这部小说，我可以看看是不是真的这样。也许是因为我自己也是农村户口，所以我一点不喜欢电影里的那个高加林。还有就是找找舅舅有没有屠格涅夫的《猎人日记》，因为语文课本里节选了一段到森林里打猎的文章，提到烤打猎来的火鸡吃，简直把我馋得向往死了。不过外公说我这有点叶公好龙，因为真正在野外过夜其实一点都不舒服。更何况我近视了又是女孩子，谁也不会教我或带我去打猎。

无论如何，再过一个月，就要放暑假了。

第四章

# 你挑水来我浇园

上学的时候弟弟和我吃住玩都在供销社里，周末和寒暑假就回到村子里。因为家里开了杂货店，供销社里也是以买卖为中心，平常见的最多的就是来买东西的顾客，在顾客和我们之间是柜台。我们站在柜台的这一边拿给他们想看看想买的东西。

从小在买卖中长大，每天接触那么多的顾客，最大的感受是这世界上真的是青菜萝卜各有所爱。印象最深的是有个叔叔非常喜欢吃坛子里浸泡的醋大蒜，又甜又酸又有大蒜味，认为是天下难得的美食，每次来买就是两斤。如果他和老婆一起来买东西，那肯定就是一个要我快去秤，一个贿赂我叫我坚决不要卖给他。店里人越多他们的打情骂俏就越升级。最后蒜是肯定要买的，不过就买一斤半，同时让我们大家欢乐一场。

这比另外一对夫妇的拌嘴要有趣得多。那对夫妻男的一直赖在店里打麻将或者玩抓红五心扑克，而女的总是气势汹汹地来叫他回去吃饭。好多次都以两个人真打架旁人劝架收场。爸爸夏天也喜欢偶尔就着黄酒吃醋大蒜酸辣豆角，而妈妈觉得醋大蒜是世上最不该被发明的食物。不过大家都认为宁愿嫁个喜欢吃醋大蒜的，也不要嫁个喜欢赌博又会打老婆的。

离婚在村子里是件新鲜但是不光彩的事，所以村子里据我所知只有两个人是离过婚的。不过丧偶重娶的家还是不少。渐渐地发现如果是男的妻子去世了，后妻似乎过了不久就娶进家门了。但是女的丈夫去世了，如果有孩子的话往往等好久才会再嫁，或者就一辈子不嫁了。再嫁的时候孩子是女儿的话婆家有时候允许带走，孩子是儿子基本上都不让带走。不过妈妈说很多阿姨也不愿带孩子再嫁，因为新的夫家可能会觉得多一张嘴吃饭像是倒贴给外人了。到了新的夫家基本上还会生孩子，带来的前夫的孩子也容易受冷落和欺负。

印象最深的是村里有一对非常恩爱的年轻叔叔阿姨，见到了大家总让人感觉到那种“晚霞吻着夕阳”的愉悦爱意。

可是阿姨不知道为什么得了癌症。大家也不知道什么癌，因为癌症和离婚一样大家都不愿提起，似乎一提起就会被感染上。据说到后来很痛的时候，阿姨锁起门来拽着门把一个人大声痛哭。这个阿姨很快就去世了，留下一个很小的孩子。那一年过年，这个叔叔带着孩子到店里买鞭炮，有个不知趣的伯伯说“你这么年轻有为，再娶一个吧，我帮你介绍”。这个叔叔很坚决地摇了摇头。当时我觉得真感动。但是刚过了两年，这个叔叔过年手里抱着他刚出生的第二个孩子到店里来买鞭炮，因为他已经再娶了。当时不知道为什么我心里非常伤感，对他第一个孩子尤其非常爱怜，尽管我们不是很近的亲戚。那时候也突然理解了为什么大家老说没妈的孩子像根草。

尽管平常很少看电影，学校倒是组织看了《妈妈再爱我一次》的电影，比看《张海迪》有意思多了。我们很庆幸爸爸妈妈都在身边。电影的主题歌更是人人都会唱。妈妈唱得很好听而我遗传了爸爸的鸭嗓子。偶尔我和弟弟不听妈妈话，妈妈就会说，“别忘了，要真没有妈妈在，那你们可是没妈的孩子像根草啊。”很多时候她这么一说我鼻子还真有点酸酸的。

在村子里如果年轻人初中毕业考不上高中的话就可以谈

恋爱了，考上了高中就得等到大学里才能谈。不过以前的那些叔叔婶婶大部分都是媒人撮合的。爸爸妈妈二舅二舅妈都是同村的，别人以为应该是自由恋爱。每次妈妈听到都大笑，因为她说那时候大家都不用担心，到了一定的年纪自然会有媒婆来，不像现在这样十几岁就急着谈恋爱，好像怕嫁不出去似的。妈妈说除了爸爸，还有两个可能的对象，不过都是媒婆来和外公外婆谈过而已，她自己没有亲自和男方见过面。

爸爸从小没了妈，他的媒婆就是他的表姐，也是我们的表姑妈。妈妈说反正是外公做主，再说爸爸家这么穷但是至少他有城市户口有工作，而且在军队里呆过，看起来很能干。不过最关键的是外公外婆对爸爸的为人和爸爸的家庭知道得很清楚，所以就把妈妈“许”给爸爸了。

结婚前爸爸得了肝炎。雪上加霜地又因为火灾连唯一可以用来结婚的一间房子也烧掉了。爸爸结婚本来也不指望爷爷给点钱，结果爷爷说他的一点积蓄平常都是偷偷藏在谷堆里，连着房子也一并烧没了。妈妈说表姑妈还特别到外公家问话，希望外公不要因为爸爸这些晦气事把口头订的婚约给收回去，转手把妈妈许配给别的条件更好的。因为在没有正式结婚之前，即使外公口头把妈妈“许”给了爸爸，也不可能通知远地的媒婆们，所以陆陆续续仍然有人来做媒的。

外公觉得表姑妈这么说太不懂他的为人，因为外公这样的教书先生，方圆多少里都是受人尊敬的，最大的人格污辱就是说话不算话了。妈妈当红卫兵去串联，说是免费吃穿住，但是村干部一来外公家里，说现在要求串联过的人要出点钱补偿给国家，外公二话不说就交钱了。爸爸一样当红卫兵串联过还去了北京花了国家更多的钱。村干部和爷爷说了爷爷肯定不给钱。所以爸爸的红卫兵经历是真正的公款旅游而妈妈的是部分自费旅游。

按外公这样的性格，爸爸得了肝炎只要能治好，他不会因为爸爸穷就给妈妈另找个有钱点的。我们有时候也开开妈妈的玩笑，说如果当初爸爸要是得了神经病那外公肯定就会考虑给妈妈找个有钱的了，因为平常媒婆相亲的时候最关心的是家里有没有精神病的病史。我们农村里穷点没关系，怕的是脑子有问题的人。而农村里三姑六婆各种关系大家都清楚得很，要是家里近亲的有精神病的，怎么瞒也瞒不过媒婆的。

供销社的叔叔阿姨，除了几个临时工，都是城市户口的。他们自然就是以自由恋爱为主，媒婆介绍为辅了。平常供销社里周末经常办舞会，有时候还请人来教跳舞。我们小孩也跟着去瞎捣乱。不过有几次我们发现我们几个普通职工的孩子去瞎捣乱的时候经常被骂，甚至有一次办舞会的叔叔故意把三楼过道的门给反锁了不让我们去舞会上玩，但是供销社几个领导的孩子捣乱却没人管。这样我们对那些热衷于舞会的叔叔阿姨们反而有点讨厌了，平常有机会让他们出丑总不会放过，尤其是那个势利的经常跳“拉拉面”舞的叔叔。

有大半的供销社叔叔阿姨谈恋爱不去舞会，而是结伴去看电影。这样我们就很少去看电影了，因为他们要是看到我们在电影院第二天保准第一时间告诉爸爸。镇上唯一的电影院要买票，而且电影放到很晚，即使偷偷去看第二天也要弄得早上上学起不来，所以很少去看。不过电影院门口卖零食的摊子很多，平常总忍不住拿着零钱去买松饼或者豆腐藕馅的土话叫“麦角”的月牙饼来吃。

因为供销社年轻的叔叔阿姨都是城市户口，所以他们的恋爱对象不外乎镇上其他也有城市户口的，譬如小学和中学的老师，医院里的护士和医生，公家饭店的，派出所还有镇政府里工作的。这些叔叔阿姨大都是中专毕业，因为大学毕业基本上就分配到市里，而不是分配到我们这种大都是农民的小镇上来。他们大都才满二十又有铁饭碗，按爸爸的说法是镇上生活最轻松的。

不过供销社里对我最好，我也最喜欢的阿姨已经是二十五六的“老姑娘”了。阿姨甚至都不能说是老姑娘，因为她离过婚的。据说阿姨的前夫还是有点背景的，但是性格不合阿姨非要离婚。阿姨离婚后调离了大城市到我们这小镇上来工作。她没有孩子，大家暗地里嘀咕，说如果有孩子了估计会将就着不离婚了。有时候大人很奇怪，他们以为自己在暗地里嘀咕别人的时候旁边站着小孩就像没人在似的，把什么隐私都抖在孩子面前让我们都知道。不过妈妈说别的小孩是宁愿出去玩，也不会像我一样，老是喜欢听大人聊天。慢慢大家就习惯我了，反正我也不会和别人去嘀咕这些事。

阿姨到城里探亲回来就会给我和弟弟买东西，所以我很早就有了同学们都很羡慕的自动铅笔。有一次阿姨从上海给我买了一条裤子，新潮得我都不知道到底哪边该穿在前面。有一次同学说我的裤子前后穿反了，我毫不示弱地说这条上海买的裤子就是这么穿的，因为我知道同学其实也不知道这裤子到底怎么分前后。爸爸刚好在边上听到了，觉得非常好笑，教育我说这叫虚张声势，抓着别人也不知道的这个弱点，打牌的时候用得着。不过不打牌的话就谦虚一点承认自己不知道裤子哪边是前面好了。

阿姨和我一样爱看报纸，不过我更喜欢看新闻。阿姨喜欢报纸上的连载小说，每天把小方块剪下来用夹子夹好，最后做成一本完整的小说。有一个帅帅的叔叔喜欢阿姨，但是他年纪比阿姨小几岁。不知道为什么大家总觉得男的一定要比女的年纪大一点才般配。不过妈妈说其实伯母比伯伯还大两岁呢，不也很般配嘛。好像差一两岁可以，差得太多就不行。可惜这个叔叔就是比阿姨小好几岁。

有一天我们放学回来，看到阿姨在中药店后头供大家休息吃饭的房间里，眼睛红红的。原来这个叔叔的妈妈自从听到阿姨和她儿子谈恋爱以后，经常到中药店里来骂阿姨，甚至骂些很难听的“难道娶你去做奶奶”的话。讨厌的是阿姨又不可能不上班，而中药店又是谁都可以进来的，所以你也不知道这个叔叔的妈妈什么时候会跑来骂人。她骂了几声就走了，供销社的领导拿她没办法，而派出所也不管这种家事，阿姨每天就只能在这种提心吊胆的氛围中生活着。

这大概就是自由恋爱的烦恼吧。所以村子里最让人高兴的日子，就是有人娶媳妇的日子，因为至少在那一天，所有的人都相信恋爱的烦恼是有好回报的，而且未来一定是比翼双飞白头到老的。小孩子更高兴看村子里的人娶媳妇而不是嫁女儿，因为我们的习俗是嫁女儿的人家中午在家办酒席，吃完午饭只有最亲的几个伴娘和小舅子们才跟着女儿去新郎家吃晚餐。下午新娘出发到新郎家的时候即使是形式也要大哭一场，因为从此和父母永远分开住了。事实是现在不像以前，回娘家还是比较容易的，但是嫁出去以后回娘家就只是来做客了，而不是像单身的时候那样在父母家无拘无束想住多久就住多久。看了几次村子里的阿姨们出嫁那一天和父母分手嚎啕大哭那一刻，我很庆幸自己还是个小孩。

村子里娶媳妇那一整天就像一首好听的歌，越到结尾越让人兴奋。现在有些大户人家可以借大卡车到新娘家把所有的嫁妆一并运过来，但是大部分人家都还是从新郎家派年轻力壮的人拿手推车去推来，或者如大衣柜这种没法推的由几个人扛来。我们这里的风俗是等到找算命先生定了结婚的黄道吉日，婚礼的准备工作就开始了。谁去推嫁妆，谁来帮忙做饭，得去买多少菜，要杀多少头猪多少鸡和鱼，因为所有的酒席，即使是二三十桌的大婚礼，都是新郎家自己在村子里准备的。

婚礼大都定在春节前后，大概是冬天吃的东西不容易坏，也可能是春节前后是大家都有空闲的时候。春节本来就很快乐，再加上结婚祝寿的酒席又特别多，大家见面都是喜洋洋的。不是自己的亲朋好友结婚，一般不会去吃酒席，但是第二天村里每家都会分到大块乌头肉和馒头。有时候还会分到酒席剩下的大碗的其他肉菜。我喜欢和五花大肥肉一起炖了很久的冬笋干，夹在白白的盖了个大红双喜的圆馒头里。过年的时候杨梅馃，麻糍，馒头焐肉总是吃个够还有余。只有过年才吃得到的白切羊肉，是整只羊煮了冷却有皮有脂有肉的切片，蘸着加了一点麦葱油的酱油吃更是美味极了。

等到真正婚礼那一天，要去推嫁妆的人就早早地推着空车和轿子徒步出发了。到了新娘家后和新娘家的亲戚一起吃午饭。这也是新郎这方在新娘家族面前难得显示一下新郎家族成员的机会，所以派去的人从年轻的到壮年的都比较体面。当然这也是还没有对象的年轻人有机会到一个远方的村子和那里的年轻女孩认识的机会。等到吃完午饭就开始装车，从家具到被子应有尽有。

新郎家这边从下午就开始等着嫁妆的队伍回村来。到了村口往往会放几串鞭炮，告诉大家可以去看嫁妆了。除非很忙大家肯定不会错过。有时候外村的人结婚，嫁妆的队伍走累了会在我们村口停一停。这时候消息马上就会传开。大家一定都忍不住要去看看这个新娘家准备了什么漂亮的东西。没结婚但是到了年纪的大姐姐们肯定都要去看看，暗暗地在心里记一下，等到自己要出嫁的时候记着买这个买那个。老奶奶们最后总不忘数一下新娘家嫁过来多少条被子，被面是不是软软的真丝大绸缎。如果少于八条就很寒酸了。嫁妆的队伍越长，越体现出新娘新郎家的富有。不过古代所说的“十里红妆”还真是从来没见过。印象里要是有两里的嫁妆就已经是大家一辈子都忘不了的婚礼了。

外婆说她以前嫁过来的时候做了很多丝绸大襟衣服，一并摆在丝绸大缎被边上供大家看，以示新娘家的富裕，因为新娘家越富裕婆家人就越不敢欺负新娘。她说给外公说媒的媒婆把外公家描绘得很好，再加上外公是少有的识字教书先生，所以她父母就把她给“许”了。她自己是没见过外公的。外婆娘家条件不错，家里甚至有钱供外婆的小弟弟到杭州读专科。可惜这个小舅公据说睡觉时从上铺掉下来不幸死掉了。外婆缠了小脚，平常除了女孩子该学会的做饭和女红，其他什么事情都不太会干，没想到嫁过来之后外公家这么苦，平常还要帮忙做豆腐米粉或土话叫糖烊的甜点去卖了挣钱。

外公的妈妈在外婆看来又很苛刻，平常吵架了就和外公赌气不回家，在村子里一处不住人的祠堂里过夜。外公这个从小没了父亲的长子自然就护着妈妈怠慢了老婆。“那时候生活这么苦都想回娘家不回来了。”外婆一提起我们从来没见过的外公的妈妈总是愤愤地说。“那为什么没回去呢？”我总是故意逗她，尽管她已经给我们说过很多遍了。“都是你外公，知道我想回去，把我那些大绸缎衣服全藏起来了。你外公家这么苦，平常干活都穿布的大襟服，那些好衣服没空穿，最后都被老鼠虫子咬出洞了。”这时候我们就会继续揶揄外婆。“那你不是舍不得外公，是舍不得那些漂亮衣服才不回娘家。”不过外婆很争气，生第一个孩子就生了儿子。生了孩子的外婆一出月子就迫不及待地带着她的孩子回娘家去了，因为带孩子回家省亲是在娘家多呆一段时间的最佳借口。

提到那些被老鼠咬了的绸缎大襟衣服，外婆也就禁不住生日本鬼子的气。因为当时出嫁都要带几床自己织的土布，而外婆有着不错的织布手艺。为自己做嫁妆就更用心地要织几床漂亮的。那会儿日本鬼子尽管快要投降了，还是到处“烧光抢光”。我们村比较偏僻，日本鬼子那会儿可能没心思走小路来一个穷山村，所以躲过了。外婆老家在一个交通比较重要的大路附近，村子被烧过几次。

据外婆讲，日本鬼子来了，男女老少带些重要东西躲到山上去，只能在山上痛心地看到村子被烧。第一次外婆织布织了一半，回来发现被烧了。第二次那匹布织了几个月已经快织完了，日本鬼子来得很急没法卸下带走。外婆哭着不肯走，对她妈妈说日本鬼子来了要烧把她也烧死算了。不过最后还是跑到山上躲命，等回村里发现布又被烧了。自此以后外婆对日本人非常痛恨，一提起日本人拳头就捏紧了。

现在的新娘嫁妆土布和洋布都有。土布也大都不是自己织的了，花钱请村子里仅剩的几个老奶奶织。不过我们家那几床青花蓝白被单都是外婆和妈妈一起织的，盖在身上比市场上买来机器织的布更粗糙但是更厚实。妈妈说买来的好多布经不起洗，用洗衣棒捶几次就容易散架。外婆老说现在她手没有力气再也织不了布，等我出嫁就只好向别人家买土布了。

等到嫁妆的队伍到了村里，就有一帮人开始布置新房。空空的几间新房一下子塞满了全新的家具。新郎一般会请亲戚里福气好的，譬如有好几个儿子，或者孩子学习很好考上大学的婶婶去铺新娘的被子。妈妈有儿有女，孩子成绩也还可以，已经有人叫她去帮着铺新娘的被子了。各个村子的习俗也不完全一样。郭宅的表哥结婚的时候，新郎家要派出几个小孩端着蜡烛和染了红的煮鸡蛋到村口接新娘。妈妈不愿意我和弟弟周末不好好学习，平常就不让我们去吃各种各样的酒席。虽然我们亲戚很多，但是生日结婚小孩出生之类的很多酒席我都没去过。不过这一次毕竟是亲姑妈家办婚事，我们小孩自然都很高兴地按着姑妈的嘱咐到村头接新娘了。

新娘一般都等嫁妆的队伍出发后三四个小时再出发，因为新郎这边需要卸下嫁妆布置洞房。外婆说以前的新娘真的是抬着轿子来的，大户人家的新娘还戴着高高的凤冠。不过外婆说好像只有三奶奶是真的戴着凤冠坐着轿子嫁到我们村的。现在的新娘通常都是坐在自行车后座来，有钱一点的就坐在摩托车后座来。新郎自己是不亲自去接的，所以接新娘的那个叔叔被称“占了便宜”。

新娘进村的时候鞭炮肯定放得很响，这样我们可以去看新娘被抱着到新房里去，因为第一天新娘的脚是不落地的。被抱到新房里后，新娘和她的几个伴娘就坐在洞房里唯一的那张八仙桌上吃饭。期间新郎家的人就会一个一个去敬酒闹洞房。小孩子也可以向新娘讨谷子去，顺便看看新娘和她的伴娘们。新娘自己带来的谷子装在大红的袋子里，一般都是很好吃的东西，所以每个小孩都不会错过。亲戚里年轻的小伙儿自然不放弃这个闹洞房顺便看看别村来的年轻伴娘的机会。

这样的婚礼办过后大家才承认你结婚了，否则即使结婚证领了也没人认为你结婚。所以大部分人都不去领结婚证，反正领了也没什么用。爸爸说他那会儿很少有人花钱去镇里登记，他为了省两毛钱也没和妈妈登记过，照样成家立业，还生了我和弟弟呢。

第五章

# 父亲打群架

谁会想到我爸爸打过群架？但是再想想，按照爸爸的性格，简直是预料中的事嘛。只不过因为他是爸爸，所以印象中不会干坏事。长大后渐渐知道那个教育我遵纪守法的爸爸小时候比我要坏上几千倍。原来爸爸从小就没了妈，家里兄弟五个，排行第四，根本就没有像我一样，从外婆到堂哥有十几个大人管着。据说我妈也是在结婚后才知道爸爸乒乓球打得好是因为没有人敢和他抢台子练习的结果。“我哗啦哗啦地挥着拍子上了乒乓桌，就没人赶我下桌了。”妈妈学着父亲的口气。幸好爸爸和妈妈上的不是同一个初中，没有听过爸爸的名气，否则妈妈可能会三思后再下嫁或者不嫁给爸爸了。

可后来妈妈也渐渐地知道了爸爸是个十足的捣蛋学生，

但也认为爸爸十七岁当兵后就懂事了。更何况因为没了妈，他对外婆就像对自己的妈妈一样好。偶尔爸爸会炫耀一套军体操给我们看，告诉我们万一打架，哪些地方是要害，不能让人轻易打的。除了这些，爸爸几乎是世界上最斯文的退伍军人。

据妈妈说那时候爸爸还在供销社的中药店当职员。我当然不会忘记我从小长大的地方。供销社坐落在最繁华的路口，是镇上唯一的三层楼房。中药店在二楼，趴着窗户往外看就是最热闹的街，什么都看得清清楚楚。供销社前面是摆摊的，主要是火灶饼，酥饼，肉饼，馄饨和水果摊。其中有个水果摊是一个非常远房的亲戚摆的。父亲总是不忘提醒我们，“叫阿姨的时候不要盯着水果。就算你想吃，也要懂礼貌。她看到你们想吃，就只好给你们一个，我要给钱她肯定不肯要。到时候我们不仅欠人家人情，而且你们就会被人认为是‘赖吃猫’。”落下这样一个恶名是可耻的，所以我每次都很有礼貌。但是有一次我故意盯着水果看了半天，好像也并没有赖到一个苹果。

靠近供销社大门的是一个馄饨摊，兼做火灶酥饼。这个店的酥饼不是全镇最好，所以要买还得跑过街到桥边的酥饼店买干菜肉馅的正宗酥饼。有一家做皮烤得松松脆脆的梅干菜肉馅酥饼很出名，还有另外一家做的是在烧炭火圆桶边上烤的软皮梅干菜肉馅饼，也很有名。但是馄饨我还是最喜欢吃供销社门口的那一家。不过我们喜欢吃也不能天天去买着吃，因为还是有点贵的。如果生病了，爸爸知道弟弟和我才会一点都不内疚地对他说不想吃食堂里的菜要求买馄饨吃。

其实站在二楼能清清楚楚地看到店家怎么做馄饨，从拌肉馅到用一根筷子沾一下馅包馄饨。我不知道为什么自家包的没有店家的好吃。妈妈说自家的馄饨往往放的肉多，其实反而变成吃肉了，而馄饨香是在皮和汤里，加一点点肉咬起来的口感好。店家用的肉馅很少，但是汤真的很香，估计是鸡肉和骨头过夜熬的，自己家里很少做得出来。馄饨最后上桌的时候撒一把麦葱，当然好吃。爸爸说店家的馄饨好吃是因为你闻到的时候刚好是下午放学回家最饿的时候，家里往往没有零食，晚饭又还没做，自然引人馋嘴了。

馄饨摊露天摆了两张八仙桌。赶集的人累了可以出两毛五买一碗馄饨坐着吃。别处的馄饨都只卖两毛一碗。我从来都没有坐在那儿吃过。爸爸每次买馄饨都拿着自己的饭盒去装回来吃。路边的车一开就扬起好大的灰尘，从二楼可以看见那些灰尘慢慢地落下来。我想坐在那儿吃的人可能根本就没有觉察到他们被包在灰尘里。夏天的时候还有摆着卖广东运来的甘蔗和本地产糖梗的。我喜欢嚼糖梗，有时候偷偷地把嚼过的渣从二楼扔下去，想着伽利略在比萨斜塔扔铁球的故事，算着自己扔的渣要多久才能从二楼飘到一楼。有一次我扔的糖梗渣落到一个过路行人头上，就不敢再扔了。

爸爸打架那天是个晴天。他和中药店的几个叔叔阿姨没事站在二楼的窗口看街口来来往往的行人。那时供销社还没有搞私人承包，报纸的新闻不管可信不可信也都看过了。药店里十几个人干七八个人的活，下午买药的人少，闲下来打瞌睡、喝茶或聊聊报纸上的新闻。街对面的公共汽车站很久才来一辆车。车一停，一大堆人挤下来，一大堆人冲上去，热闹了一阵。热太阳下补鞋的老头也在打瞌睡。骑着自行车卖雪糕棒冰的吆喝声都有点像催眠曲。偶尔会看到卖冰棍的停下来，卖了一支，自己也拿出一支来吃，让你猜想他的冰棍是卖不完快化了，还是他自己也渴了。

站在二楼偶尔还能听到坐在那儿吃馄饨的顾客谈话。一听就可以听出他们是不是本镇的人，因为十里外的人口音就不一样。譬如我们这儿说“男子”，外镇人叫“男家儿”。那天有一个老头坐着吃馄饨，他好像就是那个刚刚还在打瞌睡的补鞋老头。他很老相了，手上满是皱纹，老围着一块胶皮围裙。我去他那补过几次鞋，因为凉鞋的带子总经不起天天跳橡皮筋而坏掉。他吃得很慢，肯定是在好好品尝他天天闻但是没有天天吃的馄饨。他有时候会抬头朝他的补鞋机看一眼，可能怕有人会拿他什么东西。其实他大不必担心，因为周围的人都认识他，尽管大家都不知道他的名字。

这时候过来三个年轻人，骑着崭新的自行车。有一个人的上衣还不知是哪个单位的制服。他们骑得飞快，后面扬起几道灰尘。一到馄饨摊前，他们唰地停下来，几道灰尘变成一小团烟。停了自行车后他们在老头坐的八仙桌边上坐下了。一听他们点菜的声音，就知道是城里来的。老头的馄饨已经吃完了，还剩一大碗汤，他不紧不慢喝着，好像没有意识到有人坐下的样子。

那年轻人说："老头，都吃完了，还赖着座位！快走吧！"

老头好像没听到，也可能不愿意理会，仍然埋着头喝。店老板说："不好意思，大家都挤挤。天热多吃两碗，出出汗就凉快。"

供销社的职工任国龙当时站在楼门口，就替老头回了话："一个八仙桌子四个人，不用挤。"

那年轻人说："你是谁，轮不到你来讲。"

国龙叔可不是好惹的，大声骂道："我是谁？你外地的毛头子到我们这儿欺负老人了，是不是？"

那年轻人也不回话，把店老板给他的筷子在八仙桌上一扫，故意扫到老头的左胳膊。老头端着碗颤了一下，汤也撒了些。店老板走到里间赶紧去盛三碗馄饨，想年轻人吃上了也就算了，说不定老头也知趣，喝完汤就回他的补鞋摊上去。边上的好多人都朝着这八仙桌看过来，大都是指责年轻人不懂规矩胡闹。还有几个凑热闹的，一哄而起地说打架了。那年轻人大喊着叫店老板来擦桌子，同时站起来准备去拿几个酥饼就着馄饨吃。不料那老头也端着剩了些汤的碗站起来，被撞了一下，汤撒到了年轻人身上。三个年轻人抓住老头就开始踢打。

爸爸正在二楼看得起劲，也大声为那老头抱不平。一看人都包围了上去，拥到大楼边的巷子角落里，看不见了，爸爸就跑到一楼去。国龙叔还在那儿。爸说："什么小毛子，在我们供销社大楼前打人。"国龙叔说，"外地的，大概城里人，三个人还想打架。"说着就卷起袖子。这时候一辆公共汽车停下来，和我们同村的红叔拿着个公文包下来，一看爸爸他们当时的样子，就知道有热闹可凑了。

三个人挤到正被打的老头那儿，装着劝架，实地里也打几下那三个年轻人。这下子那年轻人也不甘示弱，打起国龙叔红叔和爸爸来。爸爸是部队里待过的，因为小爷爷是国民党关系，尽管入共产党不行，也还想争取当个工会主席，所以平时表现得不错，从来没有惹麻烦的。但是可能拳头不用还是要痒，这次国龙叔这个职工也上阵了，单位领导怪罪下来反正有两个人一起担当，更何况这是显示自己路见不平拔刀相助的机会。国龙叔红叔都是将近一米八的壮汉，估计小时候不会比爸爸懂事到哪儿去。这样一来就是一对一，爸爸他们拖着三个年轻人，到大楼边上的巷子里，狠狠地过了一把时不再来的打架瘾。

后来才知道那三个年轻人是供电局刚派到镇办事处的城里人。过了几天那三个年轻人就查出是谁把他们打了。据说他们找到国龙叔红叔的办公室去挑衅过，但是周围人多他们也不敢怎么样。年轻人来找爸爸的时候，爸爸在平房熬药。中药店每个季度都要熬黄芪膏卖，据说是很补人的，农忙后尤其畅销。这也是药店里少有的甜的东西，所以我也吃过不少。

熬黄芪膏在大楼边的平房里，两口大锅，一口比另一口高一米多。从上面的锅溢出来的药汁流到下面的锅接着和糖一起熬，直到熬成膏为止。我很少到平房去，因为里面很热，而且进去后出来全身都是药味。从小在中药店长大，闻着爸爸身上的中药味，我自己闻起来觉得挺香的，但是别人就不见得喜欢这药味。而且爸爸也不允许我们独自去，因为沸腾时溢出的药汁万一撒到身上就是严重烫伤。熬好后装罐的时候我也会去吃，因为甜的东西实在太少了。大概做药店职工的孩子，唯一能贪污国家集体的，就是这甜甜的黄芪膏了。

那三个年轻人走到平房里时，爸爸正一个人站在台子上拿着棍子捣高高的那口锅。药已经熬了两天了，把剩下的药汁再舀到低的那口锅，再熬一天就可以了。那三个年轻人说："听说你很会打架嘛。"

周围没有一个人。下班时候还没到，路过平房外面去食堂打饭的人还没有影子。爸爸打他们三个估计是没戏的。这时候爸爸就拿起那个舀汁的长柄勺子，在热气沸腾的锅里慢吞吞地捣着药汁说，"会不会打架你们不是看过了吗？还用得着问？"年轻人心里还是虚的，退出门时恨恨地说了声以后再见。

后来爸爸在路上远远地看到这三个年轻人的时候，就走到人多的地方避一避。妈妈说那会儿她每天都有点担心，也体会到人多的好处。爸爸经常和我们讲该怎么打架，哪些要害不能被人打。不过最后总是不忘教育我们要做读书人讲道理不打架，然后有点怜悯地看着我们说，“你们没吃过苦没练过身体，不像我参过军这么壮，估计也打不过人家，还是不要打架了”。

第六章

# 母亲节

母亲节是西方的节日，开始的时候好像只有英语老师才知道这个节日。语文老师大概在哪儿也听到过“母亲节”这三个字，就布置我们写一篇关于母亲节的周记。我们都不知道这个节日怎么来的。学校没有图书馆，镇里也没有。市里好像有，但是据说只有市里的人才能去借书。再说了，谁会花钱坐汽车去市里看能不能借书啊。

周围谁也不知道母亲节到底该干什么。我去问老师，老师说美国就有这个节日，还说在美国，挣钱最多的是律师，医生和老师，不像我们中国，老师挣钱比医生要差一点。不过他也承认把暑假算进去，那么在中国医生和老师挣得差不多。我怎么知道美国什么工作挣钱，老师怎么说就听听吧。

那么，就只能顾名思义地写了。我的妈妈很漂亮，一双又黑又大的眼睛，加上她很容易就被我们逗笑，散发着无尽的清纯和一丝妩媚。她的皮肤有点黑，所以被称为“黑珍珠”。外公教书的时候，有男女学生听说任老师家有个很漂亮的女儿，曾经走很远的路到我们村里的杂货店，特意来看当时做售货员的年方十八的母亲。这事有好几个人都和我们说过，就是妈妈老说那都是瞎传的。不过有一次我和舅妈去一个店里做衣服。舅妈和裁缝拉家常，发现原来裁缝是以前外公教的小学学生。那个裁缝阿姨就很激动地和我说：“怪不得小姑娘长得这么聪明伶俐又好看。我们那时候为了看任老师的女儿长什么样专门走很远的路去看你妈站柜台。我记得她梳着一根漂亮的辫子。”裁缝很快很用心地把我的裙子做好，可见外公是很让人尊敬的。

如果妈妈仅仅是好看，那外公也不会那么爱护妈妈，因为外公看不起金玉其外败絮其中的人。妈妈脑子特别好使，算账灵光不说，记忆力尤其很好。妈妈那一年考初中，全村就妈妈一个人考上了。如果不是文革学业中断，妈妈肯定和大舅舅一样能考上大学，或者至少和小舅舅一样能考上中专，跳出农门有了城市户口。不过妈妈遗传了外公的急脾气，很多时候也和爸爸吵架。妈妈而且有点好强，即使很累了也老想把所有的活都当天干完，而爸爸和二舅都认为这急脾气容易把人身体压垮了，因为农村里哪有干得完的活呢。

即使在文革的时候，村里也有可以推荐去念书的名额。本来妈妈已经被推荐去了，但是村里有户人家为了给自己家人一个可以不干农活的机会，就到村干部那里去争，说妈妈家已经有大舅舅读书了，二舅小舅还小不算全劳力，外公又是教书先生不用干农活的，所以不能让妈妈也去读书，否则外公家没人挣工分又白分集体的粮食。这个理由简直是很荒谬的，也可以说可能村干部已经被买通了，找了这个借口，把推荐读书的名额给了那个叔叔。爸爸多年来一直觉得外公太迂腐太会放弃，不懂得为自己家里人争取利益。

每次说起这事能看出妈妈心里还是有点惆怅的，因为那个拿去了妈妈读书名额的叔叔就因此有了城市户口。知道了这件事以后，我每次看到村里那户人家的人就有点怪怪的，因为如果按当时谁读书厉害，这个名额肯定该是妈妈的。看到妈妈那心中的失落，有时候幻想着自己有神奇的力量，一笔就可以把这些让妈妈不开心的东西划掉。

尽管妈妈是农村户口，我们从来没有为此怪罪过她。她这么爱我和弟弟！如果因为制度的原因我们也是农村户口，那是制度的错，而不是妈妈的错。我和弟弟都非常讨厌村子里有些不孝敬父母的人，因为我们无法想象长大了会对妈妈不好。有时候有些人在杂货店里说着说着就数落起他们自己的爸妈的不好和没本事。这些人走了以后我们四个人都一致觉得这些怪父母没本事的人是最没本事的。看到村子里的一些大哥哥结婚了总向着老婆而不是老妈，弟弟发誓以后宁愿不要老婆也不允许老婆欺负老妈。我的誓言是以后爸妈和我过，因为女婿都比较孝敬丈母娘，如果爱人不孝敬爸妈的话我就不和他结婚就是了。爸妈听到我们这么说，尽管觉得我们很小很真诚很幼稚，但是能看出他们还是很欣慰的。

妈妈在我心中的地位非常重要。中学时有个同学因为我是班长管他，他骂了我一声“操你妈的”，我就一辈子第一次打人了。平常有同学骂我，什么“任太婆”之类的我都从来不生气更懒得理他们，还觉得他们幼稚。看来到了初中里大家骂人的话也更难听了，而且还骂起家人来。当时我是一愣，因为从来只听到同学用这种脏话骂别人。不过等我缓过神来，我已经条件反射地打了他一巴掌。他大概从来没有被人打过，更没有被女生打过一巴掌，也愣住了。我其实不想打架，因为真动手打起来可能打不过他，条件反射地打完就跑回家去了。

第二天老师把我们俩都各自叫出去训了一通。不知道哪个同学到老师那里通报去了，反正我没把这事汇报给老师。

我觉得自己没大错，老师的训话我是一只耳朵进去另外一只耳朵出去。不过我向老师保证以后即使同学这么骂我，我也不会打人家耳光，如果老师保证会惩罚这种骂娘的人的话。我说当时我打人绝对是因为条件反射，因为我从来没打过人也不觉得打人能解决什么问题。不过我暗地里想，我堂哥这么多，你骂我可以，骂我妈妈我不打你也一定要找我堂哥们打你。

母亲节让我想起妈妈为我流泪的一次经历。因为我平常很懂事从来不用妈妈为我流泪，所以那次经历让我印象很深刻。那是我读小学三年级的事，不过妈妈流泪的地方却在我之后上初中的一个我每天都走过的地方。

一年级读完村小学，二年级的时候我就到镇小学上学了。我比班上的同学都小一岁。两岁半的时候妈妈生了弟弟，我可以一个人从自己家走十分钟路到外婆家当传话筒，因为那时候谁家也没有电话。二舅舅和外公说我那时候只要他们和我说一遍，我就可以头脑清晰地把好几件事情说清楚，而其他小孩传话的时候走之前叫她们重复两三遍还老是传错话。妈妈有一段时间趁农闲在家用手编草席挣钱，每天手都红通通的。我的手没有什么力气但是也可以在家帮忙，就没有去上村幼儿园。妈妈自己顺便教我，因为以前她也代教过幼儿园。当过几十年小学老师的外公不赞成拔苗助长所以从来不主动教我什么，不过如果我有问题可以去问他。二舅舅最喜欢来考我们，因为他当时还在教小学，以“折磨”学生为乐。

教幼儿园的远房堂姐就来和妈妈说我还是最好去上幼儿园，所以我也去上了两年。我记不得幼儿园学到什么东西。记忆最深刻的是农忙的时候操场上晒满了谷子和黄豆。等到各户人家把谷子黄豆收走了，幼儿园老师就带我们去地上捡黄豆放在口袋里。我一边捡一边数黄豆，很快就知道加法和减法了。有时候蹲下来后一站起来黄豆就从满满的口袋里溢了出来。我们可以把黄豆带回家。有时候幼儿园老师会把黄豆在教室边上的炉子里加点盐末炒得香香的分给我们吃。

六岁的时候我已经可以帮助邻居的姐姐做作业了。我经常看外公写毛笔字所以字也认了不少。二舅舅和外公觉得我可以去上学了，但是政策上是七岁才可以上小学。不过万事就怕有心人，而有心人总能从政策里找出漏洞。当时二舅舅在官桥小学教书，就把我带到他所在的学校学了一个月。因为我户口不在官桥小学管辖下，所以有舅舅这个关系让我插班，学校不管我的年龄。一个月以后我就以转学的名义从官桥小学转回任湖田小学了。转学的学生只要成绩能跟上，也不管学生的年龄。

这样我就在村里上了一年级。学校离我家就半分钟的路。有时候我从窗户里就可以看到妈妈外公外婆或者其他人在窗外的操场里走过。学的东西很简单，但是每个人都只能用铅笔写字，不能用钢笔。老师很欢迎我转学来，因为她喜欢成绩好又整天蹦蹦跳跳的学生。因为上学了，舅舅爸爸都送了我新的钢笔。不知道为什么我小时候不喜欢用铅笔写字，觉得那是幼儿园小小孩才用的。我和老师说，我在官桥小学的老师说过，如果测验满分就可以用钢笔写字，因为用铅笔的目的是可以擦掉。如果我一次就写对了不用擦掉，应该允许我用钢笔。老师竟然破例允许了。

村小学大概还是比较懒散的，因为很多时候早上上正式课，下午更多的是辅修课。下午最后一节课有时候让我们自修，老师自己就去干农活了。老师临走前嘱咐我们要专心自习不许说话，其实就是不管我们了。我们很多时候就是在教室里玩到下课铃响直接回家。有时候一年级的学生太吵了周围高年级的老师实在忍不住就到教室里来教训我们几声。有一次从教室边上走过去的村民都看不下去我们这么吵吵闹闹，就走到教室里训我们。他们反映到校长那儿后，老师就很少自习课由着我们不管了。

不过有一次可能所有的老师都到镇上开会去了。我们照旧在教室里吵吵闹闹。妈妈给我捡了几本高年级的人不要的语文课本或课外读物，给我自己随便看。我经常看得津津有味不管周围的同学。一会儿有个高年级的人来说他们都跑到村子河边的竹林里去了，因为有医生要趁所有老师不在来打预防针，而打了这个预防针以后谁都不会生孩子，尤其是女生。我们平常预防针都是医生和护士统一来学校里打的，也不用家长同意，因为他们都乐得不用操心孩子打预防针的事。每次打的时候如果哭了就会被全班人嘲笑，所以很少会有人哭。但是从来没听说过打了预防针就不会生孩子，倒是老师说过绝对不能擅自离开教室的。

过了一会儿我们看到隔壁二年级的学生也走了。最后我们一年级学生也决定全都散伙，不过不知道是不是也该躲到河边的竹林里去，因为又有人说医生护士也会找人来抓回去打针。我们几个人朝竹林的方向走了一段时间，觉得还不如回家。外婆看我回来也没说什么。第二天老师把我们全部训一通，再次强调除非万不得已，谁也不许离开教室，尤其不能随便散布或者听信谣言。据说当时是有几个高年级学生为偷偷到竹林溪边捉鱼才编了这个打预防针的谣言。

不知道是不是因为村小学实在太没有纪律，爸妈打算把我转到镇小学。不过因为户口在村子里，我是不允许上镇小学的，因为镇小学只给本镇农村户口的人，或者本来非镇上户口但是住在镇上的城市户口的孩子上。不过供销社里像我爸爸是镇上城市户口而妈妈是村里农村户口的有几家，好像供销社几个高层经理的孩子也都和我一样。中药店就有两个叔叔的孩子和我是一模一样的情况。如果我能上的话他们的孩子也就可以上镇小学。

也许是因为镇小学的校长是大伯伯的亲家，也许供销社的领导也出来说了些话，也有很大原因是我的成绩很好，以后可以帮镇小学争光，我被允许转到镇小学读二年级，条件是多加 100 块一年的借读费。尽管这借读费比爸爸一个月的工资还多，为了我的学习爸妈不加思索就付了。不过到第二年的时候我已经考试从来不考第二，经常为镇小学争光了，这 100 块的借读费也免了。所以妈妈一直很骄傲，觉得我从小就知道为家里减少负担，因为后来弟弟成绩一般也被允许不交借读费就上了镇小学。爸爸经常开玩笑要其他供销社叔叔买点心犒劳我，因为我的先例让他们的孩子也可以不交借读费就上镇小学了。

不像村里那样每个年级一个班，镇小学每个年级有两个班，每个班有四十多学生。尽管农忙的时候周围的农民可以用我们的操场晒谷子，其他时间学校里就没有什么杂人。平常大部分老师都是全职教书，因为这些老师的妻子或丈夫也大都是上班的而不是种地的。也就是说，镇小学的老师大部分是公办老师，而不像村子里那样大都是民办老师。在镇小学教书，待遇比村小学好不少。因此如果教得不好会被调出去。每个年级有两个班，而且每读完一个年级所有学生就会被重新随机分班一次，所以到学期结束各项评比两个班一比较就可以比出哪个老师的教学质量高。因此镇上老师之间的竞争比村小学要激烈得多。

有时候老师之间要交流教课，就会有其他小学的老师来坐到教室后面听课。上村小学的时候我们老师好像从来没有教过公开课。这体现了镇小学无论是老师还是教学设施上都比村小学更强的地方。这不仅仅是给其他老师一个到镇小学来学习教课的机会，也是考验上公开课的老师的一个机会，因为教得好公开课的老师一般会被评级加奖金。二年级的老师每次要教这样的公开课的时候，就会把班上四五个成绩比较好的学生先拉到她房间里试着教一下，还给我们都分配好了什么时候举手问什么问题。我觉得太假了。不过老师对我很好，我实在不好意思把这有点作假的行为和爸妈说。小学每个年级的老师都对我很好。四年级的曹老师还给我补过纽扣，她的孩子比我大，见到我会和我打招呼，告诉我她妈妈可喜欢我。

三年级的时候我被随机分到我喜欢的一个老师的班上。我非常高兴，因为这个老师是全校有名的，据说她还是唯一得到过全国优秀老师称号的老师。她的丈夫更是初中里的老师。她说话非常清楚态度又非常和气。我在二年级的时候遇到她就会很礼貌地叫她一声“老师”，因为她的房间和大伯伯的房间在教室后面的那排老师宿舍里是挨着的。大伯伯主要负责教育局招生办的事，有时候也在小学教个自然或手工制作的课，所以在老师宿舍楼里有个房间。

老师还叫我当班长和学习委员。其实没有什么事，但是我真的很喜欢老师，而且老师也很喜欢我。老师经常上公开课，而且她上公开课从来不预先设计，每次都是真实地上到哪里就是哪里，让我觉得非常实事求是。二年级的老师不准我在早读铃响后吃馒头，要把馒头放在教室前面的桌子上。每天早上都有好几个像我这样的学生，大概没有父母在身边只能从职工宿舍买馒头吃，而职工食堂 7 点才开始卖，要在 7 点 15 分准时到校吃完馒头包子花卷基本上很困难，所以每天早上我一买了馒头和粥就得急冲冲地赶时间。

食堂的伯伯尽量争取让我们吃上早点，但是很多时候我爱吃的花卷和包子就是差几分钟还没蒸熟，只能买馒头吃。有时候他晚了几分钟，被我们这些掐着点儿买早点上学的孩子惹烦了，就抱怨说：“干活的职工都还刚起床哪，你们又不干活，晚两分钟不行吗？要是人人都像你们一样一分钟不差，咱国家明天就要实现共产主义了。”不知道共产主义实现后是不是就肯定能准时买到早点，反正很多时候粥根本就来不及吃，馒头也只能拿在手里一边走一边吃。很多次一早上我都饿肚子，而那没吃完的馒头就放在教室前面诱惑着我们。三年级老师就比二年级老师好说话多了，如果没吃完允许我们站在门口吃完了再进去。就凭这一点我也很喜欢三年级的老师。

三年级那一年妈妈又到供销社里当了一段时间临时工。这样我早上有人照顾，晚上也不用怕一个人睡在房间里，因为以前爸爸要每天晚上都回到村子里帮助妈妈干农活，晚上就只剩下我一个人睡在爸爸供销社的宿舍里。

也许是我年纪比其他同学小一岁但是当班长，让大家不服气，尤其是女同学。也许其中一个自认为应该她来当，但是她成绩不够好。也许我从村里来而她们都是镇里人。不知道什么原因，也不知道从什么事情开始，坐我边上的几个女同学开始暗地里欺负我。譬如她们看我要走到座位上去，就在桌子边上故意涂了墨水。我不知道走过去的时候背上的衣服就全被墨水弄脏了洗也洗不掉。很多时候老师不在，她们就不让我走到我自己的课桌位置里去，可是老师一来她们就让我走进去。

我没法和老师说，因为她们总是趁老师不在的时候刁难我。下课的时候她们串通好多女生不和我说话，不让我一起参加游戏，抓沙包或跳绳都不要我一起玩。基本上每天都有一点小事让我非常难受还没法和老师说。也许她们觉得我要是天天烦恼成绩就会掉下来，这样老师就不会让我当班长了。

每天中午回去吃饭爸爸都要求我们先洗手再吃饭。有很长一段时间我的手一放到脸盆里眼泪就流下来了，每天都边哭边吃饭。爸爸妈妈问我为什么哭我又说不出什么大事，因为也没有谁打我什么的，就是精神上很受折磨。这样持续了很久，爸爸觉得都是小事熬一下等到学期结束过了寒假就没事了。不过有一天我还是回来一洗手就哭。妈妈平常一般听爸爸的意见，有什么事都是爸爸出面去解决。这次爸爸非说没必要去找老师，妈妈这次难得不听爸爸的话。妈妈叫我不要哭，说吃完饭以后要带我去见我的老师讲清楚，不能允许同学们这么欺负我。爸爸扭不过她。我有点吃惊妈妈怎么变得这么勇敢，要去找老师论理。

吃完饭妈妈就领着我到小学的老师宿舍去找老师。妈妈不知道她的房间在哪里，因为她从来没到我上学的地方来过，我指给她房间她才知道。可是老师不在房间吃饭。妈妈就问周围的老师。原来老师平常在中学里和她丈夫一起吃饭。妈妈领着我从小学走到中学。小学时我从来没去过中学，因为中学在镇上更偏僻的小山坡上。爸爸初中上的是南马中学，妈妈上的是湖溪一中，所以妈妈也好像从来没有去过我上的横店中学。

中学里这时候也刚好是午饭时间，食堂和边上的操场到处都是学生和老师。我们也不知道老师的丈夫的房间在哪里。妈妈就问了一大人。我们找到老师房间的时候她正在吃饭，她很诧异妈妈竟然领着我到这里找她。房间前面是一个有屋顶的过道，过道前面是下雨天流屋檐水的水沟，水沟前面是操场。我们就站在水沟操场那边，老师站在房间门口的过道上和我们说话。隔壁房间的老师也很好奇，走出来听妈妈和老师说话。

妈妈和老师简单说了有一群女同学背着老师每天合伙欺负我。妈妈中间不停地给老师抱歉，说麻烦老师了，影响老师吃午饭了。老师有点吃惊但是很和蔼，和妈妈说她肯定会回去了解并惩罚该惩罚的人。周围的老师也说如果是真的，这些女生的做法太卑鄙，尤其是妒忌心重不在明处竞争反而在暗处欺负人是许多女孩子的通病。妈妈最后说，“老师，其实我这个女儿从小很懂事，从来不用我们父母担心。我们也从来不想来麻烦老师。但是她平常这么活跃爱笑的，现在每天回来一洗手吃饭就哭，我也心酸的。”那一刻妈妈突然眼泪流了出来，声音也哽咽了。我看着妈妈的眼泪掉在那接屋檐水的水沟里，突然之间意识到这是第一次看到妈妈为我哭了。妈妈平常的生活空间就是村子里，要带我这么老远地来找老师论理其实是非常需要勇气的。

过了一会儿，妈妈定了定神，不哭了。老师再次保证会回去查清楚。然后妈妈送我回小学后就回家了。不知道为什么，我现在一点都记不得后来老师到底有没有采取什么措施，有没有惩罚学生。即使有，老师也只是私下做了点什么，因为我知道后来还有几个女孩又欺负我。但是我记得，自从那个中午以后，我就再也没有因为被同学欺负而哭过了，因为我在妈妈身上得到了一种勇气。我再也不在乎那些女同学做什么了。我也不再稀罕和她们一起玩。我意识到她们就是想看到我心里难受。我意识到最好的方式就是不理会她们，自己学习自己快乐，慢慢地她们发现欺负人也没有什么意思了。也是在那一次以后，我牢记着妈妈的话，平常无论做人还是学习，不要像那些因为妒忌而伤害我的同学一样，尽量不和别人去比，要和自己的最大潜力去比。妈妈说那样你就永远不会去妒忌别人，也就不会干因为妒忌而去伤害别人的事。

再加上我还有两个好朋友可以一起玩。每天都和其中一个好朋友一起走路上学。她和我一样也住在她爸爸工作的单位里，离我住的地方很近。她有一个姐姐一个哥哥。她爸爸工作的单位和供销社隔一条大马路，在汽车站后面。我中午和她走回家在供销社门口分手，再走到二楼的中药店，从窗户里可以远远地看到她也刚好走到她家门口。等到吃完饭了我就到窗口对着她家的方向大声叫一声“军芬，我吃完了。”那么老远的她也听得到，因为街上除了卖棒冰小贩的叫卖声，和偶尔路过的拖拉机和汽车声，基本上就没有什么噪音了。

如果我们不在家午睡，我可以看到她出门，然后我们在供销社门口集合一起再回学校。我们都是合唱队的，她被挑上了因为她唱得好普通话也挺准。我被挑上了因为音乐老师说我脸蛋好看站得很直。音乐老师特想组建个舞蹈队，说我进舞蹈队比在合唱队更合适，但是学校没有足够的资金，让我着实失望了很久。音乐老师这时候就羡慕市里的小学，因为它们的资金比镇小学又多不少。

音乐老师也很有美感，她自己给我们设计了合唱队的队服。有一年是带飘带的白衬衫加桃红的背带裙，还有一年是带领结的白衬衫和深棕色背带裤。做衣服的钱每个学生自己出，到一个老师联系好的裁缝那里量身定做。每年市里的合唱比赛我们都得个小奖，但是很少得大奖到上一级地区或省里参加合唱比赛。不过经常有因为唱得好而晋级的学校来借我们合唱队的队服穿。我和军芬有时候约好穿同一件合唱队队服去上学，就会经常有人说我们就像姐妹俩一样。记得后来慢慢长大，实在穿不进去还在衣柜里收着这些队服，想着以后请裁缝阿姨照样子给自己再做一套合身的。

晚上我吃完饭做完作业后，有时候会去军芬家玩或看报纸杂志。每次去了她妈妈都要问我还要不要再吃点。她爸爸单位就几个人，没有专门的职工食堂，但是住房比供销社宽敞得多，所以她自己家有个小厨房做饭，饭菜经常很丰盛。她家也自己酿酒，发酵的那几天房间里散发着甜甜的米酒香气。有时候她妈妈会给我们吃直接从缸里舀出来的甜酒酿，或者酒酿圆子汤。她爸爸不像其他同学的爸爸那样严肃，经常和我们说笑。譬如军芬有一段时间为了每行字写得平总要用一根尺子垫着写，他爸爸就说这不是好习惯，就像学走路的人还老是拄着拐杖，永远学不会走路。然后他就给我们演示走路拄拐杖，总逗得我们哈哈大笑。

她爸爸的办公室就在她家边上。中药店订的报纸已经很多了，可我发现她爸爸单位订得更多。大概是因为她爸爸的工作比我爸爸的工作还清闲，需要用更多的报纸打发时间。我们都习惯了大人工作的地方就在我们吃饭睡觉的地方附近。中午的时候供销社里不少部门都有像我和弟弟这样的孩子坐在店里吃饭。我和弟弟只有爸爸一个人照顾，所以大多时候是在店里吃而不是在宿舍里吃。妈妈干了一段临时工后，没什么活就只好回村里去了。这就是临时工和正式职工的区别，因为正式职工没有活干看报纸也算上班。

那个母亲流过泪的地方，上初中了我天天都走过，每次走过都觉得多一分勇气。我知道了不受别人影响是一种心灵力量。这也是母亲给的自信。母亲节如果是感谢母亲的节日，那么她爱孩子的勇气同时也给了孩子走自己的路的勇气，这就是我最感谢母亲的。

第七章
# 念佛

如果在村子生活，五十岁以下又是女的，和那些老太太一样去念佛，就会让大家觉得怪怪的，因为都已经是新中国新气象了嘛。但是如果是五十多不去念佛，也让人觉得不像个农村老太太。男的倒是很少有几个是虔诚地每周去拜佛的。不过你要是问他信不信佛，大部分人都会笑笑，因为谁会这么傻去想这个问题。无论信不信佛，年三十总是要“请太公”祭祖的。有男人在家就是男人该做的，插些香让过世的祖先们找得到回家的路，放好饭酒供给他们吃。

爸爸妈妈还没到四十更不会去拜佛了。尤其是爸爸参过军，要不是小爷爷这个国民党黄埔军校毕业的关系阻碍了他在部队里入党，现在肯定是个又红又专的党员。妈妈说我们其实绝对是一贫如洗的贫下中农。小爷爷没跟着去台湾，对我们来说更是好处一点没有，坏处不多但是至少爸爸想入党的时候入不了党。

妈妈这边的祖宗，因为外公还在世，请太公就由外公一个人代劳了，在祖宗面前给我们保佑保佑。我们也从来没想过如果外公去世了该由谁继续请太公，是不是三个舅舅都得亲自请，还是可以叫二舅舅一个人代劳？还是说必须由大舅舅来请，因为他是大儿子？可他是大学生，是不是不信这一套？就算他信，关键是，他知道怎么请太公吗？从八仙桌子上摆祭品蜡烛到门口插香，到念念有词请去世的太公太婆们来吃饭，很难想象大舅舅来做这样的事情。

爷爷和爸爸伯伯们都是分了家各自过。爷爷和最小的儿子也就是小叔叔一家一起住在我们隔壁。其实叔叔家和我们家是住在同一栋基本上对称的砖瓦木头土房子里。叔叔家靠西边，我们家靠东边，每家各有一间外面是猪圈里面又做厨房的小屋，一间长长的放各种坛坛罐罐家用的堂屋，和一间做卧室又放了八仙餐桌的睡屋。每间房子都很高很大，倒不觉得拥挤。堂屋和小屋的门整天都开着，所以家里的空气也很新鲜。

爸爸这边的祖宗需要爷爷请，但是我很怀疑爷爷在祖宗面前求保佑的时候是不是知道我的名字。他有十八个孙辈，更何况他平常似乎只叫得出孙子们的名字。平日里他对我和弟弟的关爱比较少，和外公外婆是根本没法比的。外公肯定不会忘记我们，不仅仅因为他的孙辈就我们七个，而且我和弟弟的名字就是他亲自取的。表姐表哥过年才回来。表哥是长子长孙地位自然是无人可比。不过平常天天在外公身边的就是我和弟弟。二舅舅家的两个表妹也经常来，不过她们和二舅妈在一起的时间更多一些。谁都知道我是孙辈里外公最喜欢的。即使表姐这个最大的，曾经是所有大人都围着转的也酸溜溜地承认这个事实。所以即使爷爷忘记了我，我也可以保证至少妈妈这边的祖宗会记得我。

每到过年的时候我们就会感叹一下家族里七男八女的现象。爷爷十八个孙辈里有三个是姑妈的孩子，不过姑妈是嫁出去的，就“不算在里头”了，所以包括我和弟弟在内有十五个孙子孙女，里头是七个男的八个女的。爷爷自己有三个兄弟。他们的所有孩子加起来，也刚好有十五个，而且凑巧爸爸这一辈的也是七男八女。外公也有三个兄弟。他们的所有孩子加起来也刚好十五个，而且凑巧妈妈这一辈的也是七男八女。爸爸妈妈是同村的。外公外婆以及许多表舅们住在上台门，而我们和爷爷以及叔叔伯伯们一起住在村子的下台门。

一般有老人的都有一户年轻的儿子或者招上门的女婿跟老人合住，譬如叔叔和爷爷一起住，其他的都各自分家自己住。外公外婆比较特殊。大舅舅大学毕业后老早不在村子里住了。二舅舅一家自己住在村子中台门，正好在外公和我家之间。小舅舅算是和外公外婆合住，但是小舅舅在县城里上班有自己的家，所以实际上反而是外公外婆自己两个人住。这样倒也很好。二舅舅和我们都住在离外公外婆五分钟走路就可以到的地方。有什么好吃的，如果忘了外公外婆就是不孝。外公外婆有好吃的我们也肯定不会错过。没开杂货店之前我们不上学的话基本上天天都泡在外公外婆家。

村子里婆媳关系是大家经常聊天的话题，也是很多夫妻吵架的起因。如果真的和媳妇一起住一个屋檐下，我和妈妈私下里承认外婆不是很好相处的。说真的，除非媳妇或外婆之间有一个人家里什么都不管，我和妈妈都无法想象什么样的媳妇能和外婆长久地和睦相处同住一个屋檐下。外婆的婆婆，就是外公的妈妈也听说是个很不好相处的婆婆。因为奶奶在爸爸十一岁时就去世了，妈妈没有婆婆。不过婆婆似乎有义务帮忙带孩子，除非孙子孙女太多帮不过来。还好外婆是同村的，否则妈妈因为没有婆婆，也就没人帮妈妈带我和弟弟。

给我接生的银银奶奶就住在外婆家同一个四合院里。她和她儿子合住着朝东的那一弄房子，而外公外婆住在朝南的那一弄里。银银奶奶是念佛积极分子，经常组织大家到各地念佛拜庙。她丈夫去世了所以可以到处去念佛。一大群小脚老太太背着香袋经常要徒步走好几天的路程，到各处几十里外的庙里去拜佛。

家里正儿八经念佛的就是外婆一个人。她眼睛有点不好了，不过反正不认字，念佛又只要嘴巴和耳朵就可以了。柜子里经常放一支金霉素眼药膏。要是我们平常跌破了皮什么的，外婆也用这药膏来给我们涂涂。她纳鞋底给我们大家做布鞋的时候需要我帮忙穿针线。有时候她的眼睛里有黄黄的一些东西，点了眼药膏也没用，就叫我抽一根很细又有点硬的蓑衣毛，用嘴巴舔舔，然后很小心地给她通一通她的泪腺。通完以后流了些泪她就说舒服多了。那时我已经上生物课了，开始怀疑这个有点野蛮的治疗方法，但是外婆叫我帮忙我肯定听她吩咐了。

外婆很少去远处念佛，因为她走不开。如果外婆不在家外公就只能到我们家吃饭，而妈妈做的不是经常能合他口味。尽管外公很手巧，编的雨笠帽或者做的扁担锄头比买的结实也不输美观，厨房他是肯定不会亲自下的。据说大舅舅刚刚上大学的时候受了新思想熏陶，过年回家就建议外公吃完饭以后自己把碗端到厨房里去，而不是由外婆或者我们端过去。外公没有发火但是也没有听从建议，所以改革没有成功。不过其实很多地方外公的思想都很先进的，譬如尽管他年纪大，却似乎比爸爸这一辈的人少点重男轻女的思想。不过外婆没有受外公熏陶，所以只有弟弟可以不分大小地叫她的名字而不叫外婆。我们这些女孩子无论做错点什么肯定是要挨外婆训的。

如果是某个大佛祖生日，譬如如来观音这样的，老太太们会有连续念三天佛的活动。其实为了念这三天佛，很多天前就开始准备了。要做很多纸花纸塔甚至纸轿子等等。做这些祭品的时候都要一边做一边唱经进去才有“佛气”。纸花不仅仅是最简单的一叠红纸中间一根红线那种，而是各种各样的花样，用五颜六色硬的软的厚的薄的纸做得和很多真花一样好看。外婆手不是很巧，所以往往被派去念经或做元宝，念到一刀刀黄纸或者锡箔纸上。这些纸有些最后会被做成金银元宝给佛用。

外婆难得有空的时候，就坐在小阁楼那一角她专门念经的地方。小角落里一尘不染供着佛像挂着佛珠。妈妈如果有事叫我去找外婆，她不在楼下那基本上就在楼上那个角落里坐着。念经好像有些规则，譬如每一张纸要念“阿弥陀佛”，或者金刚经多少次。如果中间有停顿也没有关系因为有一串佛珠在手头帮助记着，因为念了一句金刚经就需要把佛珠拨一颗。

有一次外婆实在太忙了就叫我帮她念，而我不会念什么经，只好左手拿着手抄的经书读着右手拿着佛珠计数。念得实在太慢了外婆就说算了，每张元宝纸重复“南无阿弥陀佛”一百遍。我嘀咕了一声“谁知道你到底念了一百遍还是五十遍呢？”外婆狠狠地瞪我一下，说佛无处不在，现在就听着我说瞎话呢。外公说的对，要么就不信佛，如果信了佛就一点都马虎不得。不过我还是有点怀疑是不是每个信佛的人都那么诚实。

外公是村里少有的识字先生，而念佛的奶奶婆婆们基本上都不识字。她们都羡慕外婆有个人可以随时随地的和她解释一句佛经，或者帮她抄长长的经书。不过外婆觉得这是外公该干的事，没有什么值得特别表扬的。夏天我们都在外公的书房里拉上窗帘铺上竹席睡午觉。外公自己经常躺在他的竹椅上睡会儿。有时候迷迷糊糊没睡醒会看到窗外有个老奶奶探着个头在窗帘缝里朝着我们看。原来她们念经的时候碰到了问题，有时候是把经句给忘了，有时候想听听解释，已经在门外等我们等半天，就等外公睡醒了午觉可以敲门进来。其实年轻人大部分都已经能识字，但是他们古文功底大都很差，不能像外公那样能给老太太们解释佛经。

三天念佛开始后，最后一天中间不能有任何停顿。老太太们轮流吃饭念经。在我看来很多老太太念经都和唱歌一样，因为这些老太太大都不识字。看来学校老师应该把语文课文都编成歌一样，这样我们就能更容易地背下来。最可惜的是最后辛辛苦苦做的纸塔纸花金银财宝都要在最后一个经里“葬掉”，就是烧掉。这个烧的过程又往往在我们小孩子睡觉了之后，所以每次都没有机会偷偷地藏一点东西下来。还好外婆有时候会留下一两朵纸花给我们。哎，就凭这辛辛苦苦做半天好看的东西最后又一把火烧掉这一点，我都很难想象自己老了会和外婆一样虔诚信佛去。

年初一我们二十多口人吃了早饭，去村子边上的山上上坟去，不也是把做的金银元宝和辛辛苦苦挣钱买的鞭炮焰火一把火烧掉吗？不管怎样，年初一上坟可是我很高兴干的事。年初一早上不仅仅从里到外都是新衣服鞋子，而且还和四个伯伯叔叔许多堂哥们一起去。我们早上总是起的晚，大部分时候是因为天很冷我和弟弟缩在被窝里不想起来，我们把所有的新衣服除了外套都塞在被窝里捂暖和了才鼓起勇气穿起来。爸爸这时候总是拿出他当兵的时候大冬天早上起来晨练的经历来激励我们，什么一鼓作气穿好衣服起来蹦几下骨头就暖了。二舅舅说北方有暖气，可是我不知道暖气到底是什么意思。

等到堂哥们来催第二次的时候我们就不好意思再赖床了。上坟的时候妈妈和婶婶们都不去，也许是要她们在家准备做午饭吧。年纪快二十还没嫁出去的堂姐有时候也不去，但是所有的儿子孙子都得去。我也不知道这个传统怎么来的，也许女儿大了就得帮妈妈烧饭干活吧。反正我还小，和弟弟以及两个堂妹都一起跟着去。弟弟是所有孙子里最小的，每次去还有点待遇，爬山爬不动了几个大堂哥轮流背着他。更小的堂妹有时候也有这个待遇。我们这一大家因为要凑齐人才上坟去，因此非常耽误时间，每次去的路上就已经听到山谷里很多鞭炮声了。村子里去上坟早的人家都已经回来了，在路上和我们打招呼互拜新年。

从村子里出发，先沿着田埂走过村边的水稻和自留地，然后再慢慢爬山。先到奶奶的坟前，因为她是离我们最近的祖宗。我们的鞭炮和元宝大都烧在她坟前。大人们简单地在坟前汇报一下这一年的成就。最后我们都拿着香拜拜，说说笑笑地要奶奶保佑未来。大家自然希望奶奶保佑我们发财保佑孩子们成绩好身体好。接下来就到太公太婆和其他几个坟上去拜拜。因为这些坟都在山上不同的地方，有的甚至在另外一块山头上，总有一两个坟找半天找不到！山上没有什么路。还好爱打猎的二伯比较熟悉地形，很多次把我们这上坟大部队从深深的灌木丛里带出来。

找的过程里路过其他的坟，看到墓碑如果是一个比较近的亲戚不放鞭炮但是也不忘叫一声，希望他们来年保佑我们。从一个坟到另外一个坟，大人们就会给我们讲讲一些老故事，譬如据说太公当初有个专供他用的小毛驴。爸爸不忘补充在那年代有个小毛驴就好比七十年代末有辆自行车一样，可以骑毛驴而不用走路赶集，很了不起的。

回来的时候我们都会折几枝松枝回来扣在门上。我也不知道这什么意思，也许是告诉天天盯着我们看的祖宗：我们一年里头第一件事就是去坟上看你们，不信有松枝为证？

有时候出差去过或者打过工的见过世面的年轻叔叔回村里来，就会说我们这种在祖宗面前放鞭炮的做法太吵了，其他地方的人不是都这样的。原来不是每个人都是年初一一大早去上坟的。我第一次知道的时候还真感到有点失落，因为觉得没有比年初一去上坟放鞭炮更天经地义的事了。

如果村子里有谁去世了，总要叫上几个老太太念些经。如果家境很宽裕，那就很可能会请真正的已经出了家的和尚和尼姑来做道场，甚至有连做三天三夜的。不过这么多年我只看到过一户人家请了专业的和尚和尼姑来送终。也许我和弟弟除了周末和寒暑假都在镇上上学，不是经常看到葬礼，而婚礼一般都安排在周末，所以很少错过。

因为爸爸妈妈同村，而且爷爷和外公都有很多兄弟，所以从村头走到村尾都是亲戚。但是这么多年家族里倒是只有一个亲戚去世，所以只参加过一次葬礼。如果别人家有葬礼，在正式送终出村子的时候会有人分蒸的白米饭。每个村里人都可以拿个碗去要。爸爸妈妈叫我们不要去看棺材抬出村，怕我们小孩子晚上做噩梦，所以我们一般要了白米饭就回家了。不知道为什么我总觉得蒸的白米饭比煮的白米饭好吃。不过妈妈说那个葬礼上分的白米饭用的是便宜的粘性不大的早稻米，而我们平常自己留着家里吃的都是秋天收割的晚稻米。早稻米不如晚稻米粘而我恰恰喜欢不粘的米饭。看来便宜不见得没人喜欢，只是没有足够多的人喜欢而已。

小学的时候爷爷的弟媳去世了。我们不是最亲的亲属，但是也算第二层亲的亲戚。记得葬礼那天我还在学校里。爸爸下午骑车提早到学校来带我回村子。爸爸没有提前告诉我要去参加葬礼。这是我记忆里唯一一次提早离开学校，所以记忆很深刻。那天天气有点冷，天上还飘了几朵雪花。爸爸妈妈不喜欢把我和弟弟从学校里提早带出来。好几次一些远方亲戚盛情邀请我和弟弟去吃婚礼的酒席，妈妈总是以我们在镇上上学带来带去不方便婉言谢绝。

因为一切和葬礼有关的事和婚礼一样都在家里办，所以去送葬的亲戚还顺带干很多活，尤其是准备吃的。除非亲戚很少，大部分的葬礼基本上都有十几桌人的午餐和晚餐需要准备。大部分的兄弟比邻而居，所以这时候堂屋里就摆了从各家借来的八仙桌。

我回家后看到妈妈正和所有的婶婶阿姨们准备吃的。要给这么多人提供像样的饭食一点都不简单。按爸爸的说法这像部队里的炊事班那样，有统领也有许多分工合作。爸爸参军时因为小爷爷是黄埔军校出来的国民党军人，家庭背景不好，被分到炊事班，所以经常拿那段经历做比喻。妈妈一眼就看到我的外套带点红色的花，而葬礼上一定是不能穿红色的。一般最亲的那些亲戚都要披麻戴孝，小孩子简单一点就在外面套一件白布做的外衫。爸爸不想太早把我从学校里带出来，我们到的时候已经快开始出丧了。死去的人都葬在村前的山上，很长一段时间我以为“出丧”是“出山”的意思。

出丧时送终的人先出发，最后棺材才从家里出发，抬到村子边上的山坡上新做的坟里下葬。妈妈赶忙找了件白外套给我套上。女眷里至亲的女儿孙女一起去山上送葬，但是媳妇们一般不去，也许她们总被认为是外人，也许需要她们在家做饭。

这样我们一群人就出发了。尽管我们也是亲戚，但是毕竟是第二层的亲戚，所以整个过程我能看到好多婶婶叔叔堂哥堂姐哭得很伤心。天凉凉，心里凉凉，自己却没有感到那种撕心裂肺的心痛，因为去世的人不是自己最亲近的人。不过那之后到了年初一上坟的时候，我们路过这个新坟就会叠起手拜拜。很多时候我想反正我们年轻一代不像那些老人一样信佛，死去了就什么都没有了。但是如果我们现在还记着已经死去的人，那么我们就知道等到自己死去了还有一些亲戚朋友记得自己。因为即使死去的人什么都不在乎了，活着的人也许在乎死后有人记得自己。即使我们是无神论者，也难免会在坟前哭喊过世的亲人朋友。

有个信耶稣的婆婆说死去了并不是什么都没有，也不像信佛的人那么说的，如果积足够的德就可以重新轮回来做人，而是到了天堂和耶稣在一起。那个耶稣的天堂也和孙悟空大闹天宫的天堂不一样，任何人都不需要再干活，因为在那个耶稣的天堂里上帝会提供任何你想要的东西。但是这个婆婆没有解释如果有两个人都想要同一样东西的话上帝会怎么办。本来我还觉得佛教的轮回挺有意思，不过有个老爷爷说轮回后，即使前世的你和前世的妈妈再遇见也是相见不相识，就觉得还不如不轮回罢了，因为这样一点记忆都没有的轮回，和死去了什么都空空的有什么区别呢？

这个信耶稣的婆婆不是我们村的，也不是我们邻近的村子里的。说真的，要不是这个婆婆从我们村里走过，到我们家杂货店里买点点心充饥，我还从来没有听说过耶稣。其实这个婆婆看起来很年轻，也就五十多岁的样子，应该可以叫婶婶。大家都很佩服她精力旺盛，因为她从来都是走路。夏天这么大的太阳，她就那样带着草帽背着一个小包走，走了几十里路还是精神非常好。她在店里歇脚的时候也非常愿意和人聊几句。她每次都会说是耶稣让她这么有精力有憧憬。

不过她不怎么多说话，也许是因为经常有些叔叔伯伯嘲笑她那么信耶稣。譬如有个大家都知道老是拿别人开玩笑的伯伯，一看到她来了就问她信耶稣是不是得洗礼。他说就是按着你的头往水里浸，每次浸了就问你“看到耶稣了吗？”直到你说看到了耶稣为止。婆婆会答是要洗礼，但是不多说是不是必须要看到耶稣为止，因为她知道大家觉得这太好笑了。说得多了连妈妈也觉得这个洗礼的要求很有意思，因为这和信佛完全不一样。有一次妈妈私下里和我聊天说，“你觉得她们信耶稣那种把你头按到水里按到你说看到耶稣为止，奇怪不奇怪？”我说如果真是这样还真奇怪，不过谁知道是不是真的这样。妈妈说也许可以问问上过大学的堂哥，因为他好像认识几个温州的朋友，听说温州有不少信耶稣的。我发现妈妈也是个好奇的人。

这个婆婆有精力又虔诚。她说耶稣会给你带来福音的时候腰板挺得很直，眼睛里充满了希望和憧憬。她让你觉得尽管我们都不知道这个信耶稣什么意思，但她的虔诚至少和村子里那些虔诚的信佛老太太一样让人佩服。大家都觉得等老了需要有点寄托的时候可以信，可如果你是个四十岁以下的年轻人却去信佛信耶稣的话，那就是脑子有点问题了。有时候这个老婆婆走了以后大家在店里继续聊天，觉得如果所有信耶稣的人都像这个婆婆一样眼里充满憧憬和感激，精神上这么乐观，那么信耶稣就比那天天傻傻地念几百遍阿弥陀佛要健康得多。不过我后来又在店里碰到了一个信耶稣的人，发现不是每个信耶稣的人都那么阳光明媚的。

第一次碰到那个叔叔是个大夏天的下午。和平常一样，妈妈去自留地干活去了，外公下午回他自己家里睡个午觉顺便干点喜欢的事。反正顾客很少而弟弟还太小可以自由活动，所以我一个人在看店。基本上没有什么顾客来，连麻将都还没人打，因为大部分人都在家午睡或者乘凉。我有时候做作业，有时候看报纸，有时候看本好不容易才借到的书，有时候拿着外公写对联的毛笔在过期的报纸上写字。有个远房的堂哥有时候会来店里一直待着。可能是因为他的几个姐姐都出嫁了，家里就只有他还有年纪比他大很多的父母。他在家里实在是无事可做，又无处可去，就来店里陪我一起消磨时间。

不过那天店里什么人都没有。外面是一秒钟都不断的知了声。门前操场的土被烧得滚烫滚烫，偶尔来一点风从敞开的大门里吹进来却携带着一股热气，使人整个处在热乎乎昏昏欲睡的感觉中。我就想着待会儿妈妈从自留地回来，肯定会摘几根黄皮黄瓜。她一回来我就主动去削两个黄瓜的皮然后刨成丝，倒点镇江香醋和白糖做成糖醋黄瓜丝吃吃提个神。或者吃点浸在冰冷的井水里的绿豆汤也行。又想着做糖醋黄瓜丝之前是不是该把黄瓜在冷冷的井水里浸一下更好吃。想到黄瓜丝做好了需要放一放才能比较脆，我馋得决定马上去后屋厨房拿两根昨天摘的黄瓜先做上可以等妈妈回来一起吃。夏天的时候家里自己种的黄瓜和丝瓜每天都摘回来很多，天天吃也吃不厌。如果妈妈不想吃糖醋黄瓜的话，我们就一起吃凉凉的浸在井水里的择子豆腐加糖醋也可以。

刚这样想着就看到一个三十多岁的穿着像个上班而不是种地的人走到店里来。他肯定不是我们村的，因为村里的人没有我不认识的。他叫我给他来半斤黄酒，几两饼干，顺便开个酸辣菜罐头。我家店里的顾客大部分是村里人，不过下午时分过路客也偶尔有。最近这一两年过路的人也开始多起来，因为现在大家都有了自行车，不像以前从一个村子走到另一个村子就得走十几分钟。现在骑车到镇上才半个小时就到了。

他喝了酒开始说话，问我上几年级之类。他一开口我就听出了他该是附近的人，因为要是六十里路外的人，说话的口音就和我们不一样。他说他是金宅村的。我说我知道那个村子，因为我外公在那个村子教了好多年书。很多次那个村子的人一听到我外公的名字就对我特别热情，尽管他都退休很多年了。他说他也是教书的。

然后他问我知不知道耶路撒冷。我说我不知道，但是好像在哪里听到过，是个国外的地方。他问我知不知道耶和华是谁。我说不知道，不过我瞎猜一下，耶和华是不是从耶路撒冷来的，就像我们这个村子叫任湖田，村子里的大部分人都姓任。他笑了，说国外不是耶路撒冷的男人都姓耶。我说我只是猜想。他问我知不知道大卫王，我说大卫王小卫王我都不知道。他问我亚伯拉罕知不知道，我说这个名字好像听说过，但是和耶路撒冷一样我只知道不是中国的。

然后他不经我同意就开始给我讲故事，好像是有个国王很坏，然后有起义，有个领头的叫摩西。然后又有一个国王很坏，又有起义，有个叫耶稣的人一下子变戏法一样变出许多面包和鱼给很多人吃。这个叫耶稣的人还和很多信徒说他就是上帝的使者。这些信徒确实看到一些神奇的东西，譬如把水变成酒，相信耶稣是神灵再世，所以和周围的人说耶稣马上要成为未来的王。他说的东西我确实从来没有听说过，我直着眼睛听得一字不漏。不过那一刻我插了一句，“你说那些神奇的东西是真的，还是那些信徒自己故意做出来的？我们历史老师说陈胜吴广起义的时候在鱼肚里放了字条写了‘陈胜王，吴广相’的纸条。渔民捕了鱼回去吃看到这纸条就以为是上天要陈胜起义成功。”

他听我这么一说脸上有点生气。不过他看我真诚地听着，也没有责备我的意思，因为我只是说那是我们历史老师说的。他说那些关于耶稣的神奇的故事是真的，不是像陈胜那种自己做出来的，因为耶稣是真的神。然后他又要了半斤黄酒。我和他说他讲的这些故事我还真的从来没有听说过，不过这些故事听起来真的很像村里老爷爷们经常讲的《三国演义》或者《水浒传》里的起义故事。说真的因为我没有听说过所以听起来还有点意思，不过我更喜欢现代的故事。我的历史不是很好，因为我老是记不清哪年哪个朝代哪个皇帝干了什么事。

他又要了半斤黄酒，和我解释这些故事和中国那些历代的起义故事是不一样的，因为这些耶稣的故事是和神有关，而不是简单的起义。我说也许是，因为这些起义故事都是一个套路，先是一代大王，因为前面的皇帝太腐败，苛捐杂税太多，逼着人民起义打天下，接下来第二代或者几代皇帝子孙努力治国，再接下来就肯定来个只知道享受的皇帝，顺便杀几个忠臣，提拔几个奸臣，有时候打几场不该打或者打不赢的仗，国库就被掏空了，需要征税，征到下一个大王再次起义。他的故事确实不一样，因为耶稣起义没成功没成为皇帝，反而倒是成了神。他说我还是不懂，不能用中国的故事去衡量外国的故事，因为耶稣的故事是个完全不同的故事。

这样不知不觉一个多小时过去了。我看他也喝足吃饱了，就算了账，告诉他总共三块多钱。他说他没有钱，能不能记个账。我脑子一下子就炸了。这个人我根本就不认识，三块多钱也不算少，因为一天下来也才净挣个十块二十块钱，即使爸爸妈妈知道了不责备我，我自己也自责得不行。我凶巴巴地说，“你还说你是老师，明明知道自己没有钱，怎么刚开始不说清楚？如果你说了我肯定不会赊账卖给你这么多东西！”他说他确实是老师，不过他实在太饿，而且他是金宅人，也认识我外公和我爸爸妈妈。他还提到了其他几个我也认识的人，包括我舅舅的名字，还有父亲在金宅的老战友的名字，所以看起来他不是故意的。他说他保证第二天就来还钱。我想想他竟然知道这么多我从来没听说过的外国故事，也该是个读书人，现在和他生气也没用。我就在记账本上写了他的名字，让他在账本上签了个名。

到了快吃晚饭的时候，来买汽水啤酒的人多了，需要用记账簿记下他们到时候需要来还的瓶子数量。妈妈看到我记的账，就惊奇地问我为什么赊这么多钱给这个人？我把下午的经历简单地说了一下，没有提耶稣的故事，就提到这个姓金的老师买酒和其他吃的。“他好像认识你，还有舅舅外公。他明天就会来还的。”妈妈看看店里的人，把名字给外公也重复了一下。大家都看着我不说话。“那个人是金宅有名的酒鬼。他看你小孩子不知道才骗你，别人谁都不会赊给他酒喝的。据说他信耶稣，本来希望他可以不再喝酒但还是没用。”原来他确实教过一点书，但是很不负责就被开除了。

爸爸妈妈没有责怪我，但是每过了一星期回家我都要先去看那笔账销了没有。一星期一星期过去爸爸妈妈觉得这钱肯定拿不回来了，而我越来越自责也越来越生气，觉得自己怎么这么傻轻易被人骗了，也生气这个人怎么利用小孩子骗酒喝。有一天爸爸下班回来说他看到这个人喝醉了倒在他骑车回家的路边，还有一次外公路上碰到了他提醒他该来付账，但是他一直没有来付。有一天我在村边的路上走，突然看到他正在前面准备骑自行车，我马上跑过去对他说，“你上次欠的钱还没来还，你说第二天就来还钱的。你得说话算话，不要因为我是小孩子就骗我。”他的脸好像有点红了，我心里也有点内疚，不过我真的讨厌死他了。以前我只见过我们一个邻居叔叔平常好好的但是喝醉酒就打老婆。现在我知道原来还有斯斯文文的酒鬼。

后来好像他来还了那几块钱。自那以后要有陌生人来买东西我就特别小心先收钱再给货。每次看到信耶稣的婆婆，我也会想起自己遇到过的信耶稣的另外一个人。还是妈妈说得对，如果自己本质上有缺陷，信什么都没用，譬如信孔子为神的还不如读读孔子编的书，提高自己修养。

第八章

# 把蜜蜂捉回家

今天是六月的第一个星期天。中午的太阳已经很烫皮肤了。斜躺在靠山的一小块树荫下的一堆干稻草上，看着对面不远处一颗不大也不小的树。爸爸养的三箱蜜蜂里有一箱大部分跑到这颗树上了。我的任务是看着这群嗡嗡的蜜蜂。如果它们又跑到另外的地方，譬如这些连绵的小山里，我也得继续跟踪，否则到时候这些蜜蜂就丢了。蜜蜂每年产蜜，包括真正的新鲜蜂王浆，还有那没有孵化的软绵绵白色的像蛆一样的小蜜蜂，爸爸说那才是最好的营养蛋白质。我喜欢吃葱姜炒的蚕蛹，可是这软软的虫子弟弟和我都不肯吃，尽管我们知道这是爸爸妈妈自己都舍不得吃的好东西。

爸爸工作的供销社西药部也卖很贵的盒装的蜂王浆。精美的包装里是一支支玻璃细瓶。那个时候家里没有电视，但是偶尔路过有电视的店铺经常能看到这蜂王浆的广告。每逢过年的时候这款蜂王浆尤其畅销，因为很多人买去做拜年的年货。其实大家都知道那精装的瓶子里的蜂王浆已经被稀释了不知多少遍了。爸爸说精美的包装最能打动咱中国人的心，进而打开中国人的钱包，因为大家都是买去送人的，而不是自己吃。而且补品厂说是补品就是补品，里头是蜂王浆还是比糖水还糟糕的东西谁也不知道。

还好蜜蜂不经常挪窝。我已经坐在这儿快半个多小时了。爸爸妈妈都不在家，外婆和她的几个同伴念佛去了，到下午才回来。二舅舅二舅妈也不在家，这样就只剩外公，弟弟和我得想办法把这些蜜蜂捉回去了。

早上爸爸妈妈五点半迷迷糊糊叫醒我，把昨天吩咐的又稍稍吩咐了一下，就到东阳市里给家里的杂货店配货去了。“知道啦，早上吃你们做好的粥，干菜饼。不够可以自己卷一个菜饼吃，还有婶婶送来的酒糟米饼。中午做丝瓜汤和糖醋豆腐。下午蒸好玉米，芋头和红薯。晚饭叫外婆不用做了，爸爸会买活鱼回来，晚上外公外婆和我们一起吃。不过晚饭你们要是回来晚了不用等，可以吃中午的凉菜凉饭。”我把他们的吩咐重复了一遍，好让他们放心。平常都是爸爸一个人去配货，但这次要买一些做窗帘的布，而妈妈实在不信任爸爸的审美观，因此他们就一起去了。等到爸妈一出门我和弟弟又迷迷糊糊睡着了。

等到外公再来敲后门的时候，都已经八点半太阳当空照了。我和弟弟一下子从床上起来，先把大门下面的插销打开，再站到四尺凳上把上面的插销打开，这样才能把杂货店的店门打开。外公已经吃过早饭了。我和弟弟就到后面的小屋里草草地刷了牙洗了脸。小屋里的猪听到我们的声响嗷嗷了几声。弟弟把昨天妈妈割回来的红薯藤，莴笋叶和一些苜蓿草扔到猪圈里。猪很高兴地嘣咯嘣地嚼上了。站在门口刷牙的时候看到邻居的婶婶已经到自留地里拿蔬菜回家来了。当她打招呼说“倩倩你起来了”的时候我很不好意思地呜呜了两声。

洗完脸我拿着系长绳子的小桶到房子边上几家共用的井里提了两次水，把家里的大水桶给重新蓄满了。现在我已经能很轻松地用绳子把桶放到井里摇晃一下装满水然后拽上来了。以前我老觉得装满水的水桶会把我拉下井去，所以每次不敢打满。有一次我路过有电视的一个婶婶家就站在那儿看了一下，发现电视里的水井上面经常装有一个用手摇的架子，顺时针摇一下就把桶放下去了，逆时针摇几下就把装满水的水桶拉上来了。我问爸爸为什么我们村子里没有那样的。爸爸想了一下说，“要看装那个东西值不值钱，值钱还要有人张罗让所有人愿意付钱。我们这井大家都可以用，很难说清楚谁得付钱谁不用付，除非村委会一手张罗。”我们的村子比周围的村子都大，太大了反而没人监督，所以村委会是以干私事不干公事出名的。

妈妈用高压锅在煤气灶上熬了白米粥。干菜饼是在烧柴火的灶上做的。村里有个伯伯家盖好了新砖头房，墙外面还贴了大块的马赛克。他家里买了大功率的煤气灶，就觉得没必要再浪费一间房子砌一个落后又占地方，据说能源利用也不有效的柴火灶。妈妈觉得报纸上说的柴火灶能源利用低不可信，因为她总觉得和她这么多年的经历不相符，但人家说这是专家科学研究的结果。爸爸说谁知道，也许煤气灶公司故意说柴火灶能源利用低就可以多卖煤气挣钱。

妈妈说烧柴火还有一个好处，就是烧的时候厨房里不仅仅飘着饭菜的香味，还荡漾着柴火的清香。烧松树枝有一股松香味，烧柳树枝又是另一个味。这些柴火都是秋末的时候爸妈在村子前连绵的山上砍来的。祖坟也都在这些山上，所以砍柴的时候也顺便看看坟。每户人家都有一块指定的山地砍柴火。没死的树不能连根砍掉，因为还要等它下一年好好长大提供更多的柴火。砍柴是件危险的事。偶尔会听说有伯伯砍一个大树枝没砍好伤了自己。一捆柴打好捆不用挑先从山上滚一段下来，省的一直挑下山费更多的力气，但有的时候会发生意外，滚下来的柴火会砸到下面砍柴的人。

记忆中只有一次，妈妈砍柴到最后一天已经砍得差不多了而爸爸又不能去帮忙，只能带我上山去稍微帮一下忙。我看到整个山头就像理了个发，在林子里走，一眼望去可以看得很远。有个姨婆很宠我和弟弟，每次砍柴就会把山上摘的野果子给我们吃。记得有一种如龙眼大小，橙黄色的好像叫金樱子的酸甜果子，里头是一肚子带毛的籽需要挖掉才能吃。可惜我不知道这种果子的普通话到底怎么说，不过好多东西连语文课老师也不知道普通话该怎么说。

烧稻秸秆就不如烧麦秸秆有清香，因为稻秸秆经常有点夏天泥水地里泡过的泥味，而麦子是过冬干地里种的。麦子一般是自留地里种，因为稻田在冬天那一季一般种苜蓿休养肥田。再加上麦子只有一季，而稻子有春秋两季，所以家里麦秸秆比稻秸秆少很多。麦秸秆一点就着，所以一般用来点火，或者烧菜过程中忘了加柴火，火快灭了的时候塞一把进去，就不用浪费火柴了。

好的麦秸秆是舍不得烧掉的，因为要专门拣出来编扇子用。家里的扇子都是外婆精心选了麦秸秆编成长带子，再用针线围成圆圆的扇子。扇柄是一头劈裂了一半的薄薄竹子做成的，外公自己削自己打磨自己漆色，再缝到外婆编好的扇面上，这样一个麦秸扇子就做成了。麦秸秆还染成各种各样的颜色，和本色是鹅黄的编在一起，就可以做成很多不一样花色的扇子。

夏天的时候外婆要串门总是习惯性地带着自己的扇子。有时候扇子忘在别人家也没有关系，因为各家各户的扇子都是自己做的，一眼就能看出哪个是谁家的。农忙忙得差不多后我也会在外婆的指导下编麦秸秆带子。不过我编得松紧不匀，因此只被允许用没染色的麦秸秆编。最后外婆拿我和表妹们编的麦秸秆带子做成小扇子给我们自己用，我们的扇子一般用了一个夏天就因为带子编得不好就散了架。散架后扇子的竹扇柄还可以拆下来继续用，那些辛辛苦苦编的麦秸秆带子就只好用来做柴火了。

家里没有灶头的伯母发现好多拿手的菜都做不出以前的味道了。她说因为煤气灶上的锅小，火上得很急很旺。伯伯后来又请人在新房里砌了个三口大锅的柴火灶。我不知道伯母说的是不是有夸张的成分。不过每次在柴火灶上烧完米饭，把大部分米饭装出来以后剩着一层贴锅的饭，把锅盖给揭了，灶里的余热就会把那一层饭烤成最好吃的锅巴。小舅舅每次回来就喜欢这锅巴，因为他说煤气灶做不出来这样的锅巴。其实保留或重砌柴火灶最重要的原因是我们确实很难想象过年杀猪或做糯米肠时不用柴火灶的情形，仿佛用煤气灶做出来的年夜饭名不正言不顺，没有过年的味道。

妈妈做干菜饼的时候，先把自家晒的干菜和切得很细的小肥肉丁加葱姜蒜酱油料酒干煸一下，再加面揉在一起，然后用擀面杖擀成一张张的饼。热热的锅里用一块带皮的去年冬天做的腌肥肉抹几下，锅就油油的了，然后把饼放进去。正反两面都烤一下，小肥肉丁和干菜的香味就出来了。做卷菜用的普通薄面饼用的是很稀的加了点盐的面，舀一勺到抹过肥猪肉的锅里，摊匀了正反烤一下。另外妈妈炒好了鸡蛋丁和豆腐丁，还有用河边拿来的细沙子自个儿发的绿豆芽和黄豆芽，菠菜和茭白笋炒好了放在一边。我们自己喜欢什么菜就可以用面饼卷一个。妈妈做米粉发酵的酒糟饼是最不上手的，因为爸爸说妈妈没有耐心，米粉要不就是发过了酸要不就是发不够。二婶婶知道爸爸和我都喜欢有点酒味的里面混着做黄酒剩下的米蒸的酒糟米粉饼，每次要是做了就会送几个来给我们吃。

吃完早饭才意识到鸡舍里的鸡还没放出来。它们已经很不耐烦了，一打开门就一涌而出。开春的时候买的十几只毛茸茸的小鸡，死了几只，现在就剩下七八只了，估计再养养，几只母鸡就能生蛋了。我看到一篇作文说作者给小鸡起了名字，杀掉的时候也吃不下口。我对鸡还没有那么喜欢，也从来没想着给它们取名字。平常如果杀了肯定是家里有重要的事，而且我觉得活杀鸡真的很好吃。

家里的猫可能也知道我不是很喜欢小动物，就只和妈妈亲。弟弟有时候也和猫亲，那是因为他每年写自由命题作文就犯愁。我说自由命题最好写了，因为你写什么都可以。譬如你可以写我们家的小花猫。它的主要任务是捉老鼠，但是捉到吃了老鼠药的老鼠又会死，所以我们家已经养第二只猫了。你可以先描写一下家里的第一只猫的猫史。这只猫刚到我们家的时候才几天大，拴在桌脚边。那时候刚好家里买了只大公鸡准备杀了吃，也拴在桌脚边。一只小老鼠跑过去，猫被小老鼠吓得呆住了，而大公鸡竟然一下子啄到那只小老鼠，而且一下把老鼠啄昏过去。这只小花猫还很喜欢吃店里卖的饼干。爸爸回家来吃饼干先垫垫肚子的时候经常顺手给猫吃几块。弟弟就写了《我们家的小花猫》给交上去了。到第二年他又不知道该写什么自由命题的作文。我说你不是换语文老师了吗，她也不知道你去年写什么，你就继续写我们家猫的各种趣事吧。

三年下来弟弟终于写厌了猫，估计今年会写养鸭了的故事。每次养鸭子都是弟弟死缠着妈妈要她买毛茸茸小鸡的时候买两只小鸭子。妈妈嫌鸭子比鸡更脏，大便湿湿地拉得到处都是，坚决不买，即使那肩挑着两大筐小鸡的售货郎不停地怂恿。爸爸每次看到挑着卖小鸡的就特别有同情心，因为有一年爷爷突然批发来不少小鸡打算挑着到处卖。爷爷是以卖生姜蜡烛香纸这些不是活的东西为生的，不知道那一年为什么要做卖小鸡这生意。结果一直卖不掉，而几百只小鸡可不好照料，每天都死不少。爸爸和二伯父命难违被叫上挑着两筐小鸡帮着到各处叫卖。最后小鸡们终于死的死卖的卖地处理完了。但是那次爸爸的肩膀都挑烂了。爸爸说他自认为这辈子什么累活都干过，直到那一次卖小鸡，才知道还有更苦的活。然后就教训我们好好读书，以后就可以不用干这些累活苦活了。

今年妈妈拗不过弟弟，买了两只小鸭，关在外婆家门口可以灌水的浅浅的水泥坛子里。弟弟非常兴奋，每天戴着草帽提着小桶，拿着外公给做的绑在小竹棍上的网兜去池塘里捞浮萍给小鸭子吃，还非得到离家远的那口池塘去捞，因为据他观察小鸭子更喜欢那里捞来的浮萍。可是过了两个星期换水也不勤快了，浮萍也要求我们去帮忙捞。妈妈见势不妙趁着小鸭子还没有牺牲，马上把它们送到二伯伯家的鸭群里一起养去了。弟弟还可以不时地去看看他的小鸭子，不过鸭子好像一点都记不得它们的奶爸了。弟弟这种喜欢养小动物的性格和爸爸有一点像吧？爸爸工作的中药店收购地鳖虫，所以爸爸曾经在一个缸里养了好多。但爸爸养地鳖虫是因为中药店收购，弟弟纯粹是出于天然的喜欢，似乎两人又不太一样。弟弟和爸爸舅舅们都喜欢养鱼，巴不得哪一天挣够了钱承包口鱼塘专门用来养鱼，然后他们就可以天天钓鱼天天吃鱼了。

鸡舍旁边放了爸爸养的两箱蜜蜂，还有一箱放在阁楼的窗沿下。我很少去阁楼，因为我有点怕老鼠，除非我很馋想吃过年家里切的冬米花糖或者买的麦芽糖。这些糖装在大坛子里，埋在细细的炒米里保持干燥，所以吃起来和刚切那会儿一样脆，一般可以吃到五六月。不过我很少突然想吃什么东西，也从来不吃自家杂货店里的零食。尽管我们卖零食给所有的小孩吃，妈妈私下里对我说她不喜欢太喜欢吃零食的小孩。一是吃零食对牙齿不好，而且容易把胃吃坏。另外妈妈不喜欢小孩子对零食没有控制力，觉得那些老是直勾勾看着零食吵着父母买的小孩不懂事。不知道为什么我从小就没有吃零食的习惯，也可能是有一次我爬梯子上阁楼拿米花糖下来的时候一脚踏空摔了下来，当时摔得晕乎乎的，以后就再也不想上阁楼了。妈妈说也许和我出生时她在杂货店里做销售有关。我隔着肚皮看零食看多了也不稀罕了。

现在村里包括我们家有三家杂货店。村头是表姨开的，村中间那家属于村所有，本来是村里唯一的杂货店，现在承包给一个村民了。我出生前妈妈在村杂货店里做售货员。那是个不错的差使，因为不用到地里干活就可以挣工分。妈妈脑子好，从来不算错。可是一生了我，就有妒忌这肥差的其他村民找生了孩子的借口怂恿村干部把妈妈给换了。爸爸说由此可见两点：一是外公是那种不知道去给村干部行贿的傻知识分子。二是尽管我们村里的每个人都姓任，村谱里清清楚楚记载着十八代前都来自同一个祖宗，除了最亲的那几个亲人之间，其他人都是利益当头。爸爸总喜欢总结经验，不过他没提到村子里兄弟吵架的不少，包括我们自己家的近亲。更何况爸爸最好的朋友有好几个是爸爸参军时的战友，和我们没有亲戚关系。

我们住的房子是典型的老房子，前面屋檐下可以放躺椅凳子冬天晒太阳，夏天乘凉，春天的时候燕子也喜欢在那儿做窝，因为下雨淋不着。独轮车不用的时候也竖着放在那里，反正家家户户除了晚上都是不锁门的。蜜蜂每天从蜂箱那儿进进出出我们都习惯了，因为蜜蜂只有在你去烦它的时候才会叮你。更何况除了蜂王，蜜蜂一叮你它就死了。如果真被叮上了，就把刺拔出来再用肥皂水洗洗伤口。

我们田里还种了半夏，自留地里种了许多芍药，到时候都可以卖给中药店。芍药花期短但是很好看。芍药和蜜蜂是我喜欢的，还很喜欢黄色的腊梅和桂花但是很少见到，而收半夏的时候手会很痒，爸妈从来不叫我们帮忙。爸爸每天下班回来如果天没黑而他也有空，就会戴上养蜂人的帽子打开蜂箱看看蜜蜂。我也喜欢站在边上看着。有好几次爸爸突然叹口气说，“以后你们长大了，就不用这么辛苦。可惜你要是不养蜂，也就尝不到这辛苦里的乐趣了。”我知道爸爸最大的梦想，就是退休后天天钓鱼，顺便养几箱蜂。可是如果我和弟弟以后像小舅舅一样在城里工作，爸爸和我们住在一起就没法养蜂了，因为我从来没有在城里看到过蜂箱。

春天五六月的时候蜜蜂采蜜最忙，也是最需要爸爸经常检查蜂箱的时候。一直都不明白爸爸是怎么学会养蜂的，不过村子里会养蜂的叔叔伯伯似乎很多。爸爸的自学能力不错，譬如他老是给我们炫耀他的钢笔字写得还可以，尽管他是勉强初中毕业。说和妈妈比，他只能“笨鸟先飞”。爸爸妈妈都因为文化大革命初中都没念完，不过文凭倒是拿到了。

爸爸家因为有五个兄弟，刚刚够年龄就争取到一个参军的名额，到了可以顿顿有饭吃的部队。由于有小爷爷曾经是黄埔军校毕业从国民党投诚到共产党这背景的牵连，爸爸这一贫如洗的无产阶级分子到部队也还是不能分到重要部门，只能分到炊事班。“不过那样还好，不仅仅到了部队终于顿顿有饭吃，而且顿顿都吃好吃的。我一去部队就长十五斤。看现在的肌肉，都是那时候练出来的。”爸爸说除了做饭吃饭练武，平常他就拿钢笔抄报纸，既练字又显示积极性，因为和其他新兵比爸爸竟然还算是有文化的。不过爸爸刚到炊事班被派去买油，骑自行车载着两桶油回来却翻车倒了一桶。当时炊事班班长没有报告上去，让爸爸一辈子都感恩，因为要是被贴上破坏军队战斗力的标签就永世不得翻身了。为此到现在爸爸还时时提起，教育我们要适当地与人方便，不要总是条条框框死板地依法律规则做人。

当时爸爸的部队在金华十里坪看守劳改犯。而爸爸才当了三个月兵的时候就有一个犯人用一把锄头钩着墙翻墙逃跑。炊事兵也会轮到半夜站岗。那次刚好碰到爸爸站岗，爸爸开了一枪没中。因为是新手又是老式枪，情急之下忘记了怎么操作才能开第二枪，结果犯人给跑了。当然那时候人民的眼睛是雪亮的，犯人躲在菜地里没几天就被人发现给抓了回来。因为没有急中生智开出第二枪，爸爸也失去了难得的立功调到其他组的机会，只能老老实实在炊事班待着了。

还好爸爸所在的军队，据说是属于林彪系的，对待退伍军人比其他部队好。爸爸在部队也没有什么晋级的可能，两年后退役了竟然给了个城市户口，还分到供销社中药店工作。尽管他对中药是真正的一窍不通，也心满意足地服从了党和部队的安排。而且爸爸总是教育我们，“什么东西只要肯学，周围的人都愿意教你，尤其是年轻的时候，没有什么东西是学不会的。”爸爸将近千种中药的药名、形状和习性每天都记着，不会的就向年长的陆伯伯问。所以爸爸觉得如果几千个英文单词记不住肯定是不够用功。

估计养蜂也是爸爸这样用功学会的。爸爸曾经不经意地提到过蜜蜂繁衍太多就会分群。在等吃着蜂王浆而不是普通蜜的小幼虫长大成有生殖能力的新蜂王出来前，老蜂王就会率领一部分工蜂飞出去另立新蜂群，因为最终一个蜂群里只能有一个蜂王。蜜蜂生来就有自知之明，为了物种繁殖为下一代着想，会自动让位给新一代。人工养殖的蜂群为了防止工蜂走失，因为它们是真正干苦力活的，就只能人工分群。这次爸爸可能没有好好料理，也可能今年春天天气好食物充足，蜜蜂繁衍得比他想象得多，结果老蜂王为了未来，没有等到爸爸给它们分群，提前带着一群工蜂另立门户了。这就落得我在这大太阳下和一群蜜蜂面面相觑拿它们没辙。

尽管印象里村里养过蜂的人似乎好多，真的需要帮忙的时候却一个也找不到。派弟弟到村头村尾找遍了也找不到一个知道怎么把这一树的蜜蜂引回家的人。最后他蔫蔫地带着橡皮弓，香烟壳还有乱七八糟的玩意儿来代替我站岗，让我回家煮中午饭去。我叮嘱了他不要到边上的小溪里去翻石头捉螃蟹，也不要到田埂边排水挖泥鳅，好好看着蜜蜂。

除了炖猪蹄，妈妈很少煮要炖很久的东西，因为我们都喜欢新鲜菜稍微炒一下的做法。新鲜的菜本身就很鲜美。爸爸说北方人喜欢吃炖的，因为他们除了大白菜没有什么新鲜菜，只好吃炖的而且加很多盐和酱油否则没有味道。我们都没去过北方所以只能相信他说的。外公说尽管他没有去过北方，但是从我们经常说的中国八大菜系里只有鲁菜是北方的说明还是南方菜花样多比较好吃。二舅舅去过东北养蜂因而完全同意爸爸的说法。

猪肉是村里的屠夫每天早上新杀的，鸡鸭鱼都是各家在家里活杀的。菜大都是早上从田里刚摘来的。家里的调料是最简单的油盐酒酱糖醋加上生姜蒜和门口自己种的麦葱，很少吃的辣椒也是自己腌的。田里新收的辣椒先在太阳底下晒一天，瘪了以后横着切丝，和姜丝蒜盐在大玻璃瓶里塞得实实的。最后在瓶口倒些白干防止发霉，再加一层薄薄的塑料纸，拿玻璃盖盖严了，在阴凉的地方放上两个星期，等到开盖的时候很香。妈妈有时候会多做几瓶给亲戚，因为大家都很喜欢这样做的辣椒。最近第一次看到批发处有冷冻的肉卖，价格是屠夫那里买来的肉的一半。刚开始还有几户人家为了便宜买来吃，不过很快就发现味道远远差于屠夫那里买的鲜肉。大家后来发现冷冻的肥肉买来熬猪油还可以，价格一半可以说合算，不过炒着吃的肉即使贵也得到屠夫那里买。

四年级前都是妈妈或者外婆做菜，我在灶间帮忙烧火或者干煮红薯之类的低级活。七岁的时候转到镇上读二年级我就自己一个人在镇里过夜了。每学期开始的两天爸爸会在镇上陪我，接下来几天他不陪我的晚上我又想家又怕孤单，因此每天晚上都是哭着睡着。这样过了一星期我也就习惯了，除非有时候不知道为什么会不争气地偶尔晚上哭几次。一般傍晚放学后回到供销社的单人房间时，爸爸已经骑自行车回到村里了。我会用电炉热一下装在陶瓷碗里的冷菜。爸爸把包了一叠报纸的饭盒放在棉被里保暖所以不用热饭。菜和饭都是供销社的集体食堂里买的所以不用自己做。

虽然供销社里禁止大家用电炉，但基本上每个职工甚至是主任都在偷偷用。有一次我在三楼热菜，热好了站在三楼的楼梯口大声地叫在二楼中药店上班的爸爸，“爸，菜已经在搪瓷碗里煮了5分钟了，电炉可以拔掉了没有？”叫了好几次都没人应，急得我从三楼楼梯一溜烟跑到二楼，看到爸爸和其他几个叔叔阿姨还有供销社主任正在那儿面面相觑又忍不住要大笑的样子。弟弟也碰到过同样的事。有时候弟弟和中药店另一个叔叔的儿子打架，两个人抓着晒在阳台上的药当石头互相扔被主任看到也是常事。不过这个老主任并没有因此没收我们的电炉，因为他平常比较体谅职工的难处。大家都说他比后来的那些主任要好很多倍，不贪污不亏待职工不成天只知道给上面的拍马屁。所以他做了很多年主任却做不到供销总社去当更大的官，但他退休后好多人都很惦记着他。

四年级那年家里开了杂货店就很忙了。暑假妈妈去自留地拿菜在田埂上骑自行车，不小心摔到田埂一边落差两米多的沟里，头上摔了个洞，那时开始我就正式学炒菜了。不过就是炒蔬菜，要是炒肉或者煎鱼还是爸爸妈妈上阵，要是包饺子做馄饨做手拉面的话就更需要爸爸部队里学会的那一手了。爸爸说做好汤面的关键是面要和最后加在碗里的汤分锅煮。

妈妈先是允许我炒鸡蛋，因为从炒鸡蛋出发可以变出很多种菜来。也许是看过妈妈外婆炒了无数次鸡蛋，我第一次动手就成了。敲三个自家鸡下的蛋到碗里，放一点盐，用筷子打散了在一边放着，然后掐三根门口花盆里种的麦葱，洗一洗后切成很细的葱花放到碗里再用筷子打一遍蛋液。在热热的锅里放点白白的猪油，等它没化的时候往锅边上摊一下油，等到油热了就把蛋液倒进去。摊开的蛋再翻个个儿就是一张蛋饼，要是炒两下炒散了就是炒鸡蛋。炒鸡蛋里可以加黄瓜丁，加西红柿丁再放一丁点糖就成鸡蛋西红柿，如果不放糖加点水煮开了再放点葱花就是鸡蛋西红柿汤。

然后妈妈就教我炒豆腐。豆腐有很多种吃法所以基本上天天都吃。隔壁的秋香婶婶家做豆腐卖，平常我们喜欢豆浆豆腐花和豆腐就一大早端个碗去买。当然过年的时候我们也自己做豆腐。一刀豆腐我家外公家二舅家各分三分之一，否则吃不掉，因为我们三家都没有冰箱。妈妈最拿手的是糖醋豆腐。先把豆腐切成条或四方小片放在油里煎得两边稍稍发黄，然后把切得很细的姜末蒜末葱末也放进去煎一下。过了一会就放盐和白糖炒一炒，最后放镇江陈醋。等收了汁再撒点葱花装盘。有时候妈妈先放盐然后就装一半出来成了家常豆腐，剩下的一半做成糖醋的。还有时候有客人就做成一盘是辣的，一盘是不辣的，一盘是糖醋的，最后一盘是菠菜豆腐粉丝排骨汤或者丝瓜豆腐汤。

接下来就是学会炒各种各样的蔬菜。妈妈说所有的菜，只要是新鲜的，摘干净切小块炒小分量是关键。藕或者宽豆角这种切成丝炒味道更容易进去。炒的时候还是用姜末蒜末葱末调味就可以了，偶尔可以再加一丁点生抽酱油。这样我一下子就可以炒出丝瓜，豆角，茭白和藕丝这些家常菜了。丝瓜和豆角是家里自留地里结得最多的，基本上夏天天天都吃。丝瓜和藕我从来都吃不厌，可是长豆角吃了几天就不想吃了。五六月的时候有短短的宽豆角吃，可是过了那一季就没了。我还记得五年级升初中考试的第一天爸爸没有从食堂买菜，而是特意给我开了小灶炒了宽豆角吃。那和我考了全镇最高分有没有关系我不知道，至少到现在我还记得那天爸爸炒的切得斜斜的宽豆角。

按着妈妈的嘱咐我回家做了丝瓜豆腐汤和糖醋豆腐。外公、弟弟和我都喜欢海鲜味，所以在丝瓜豆腐汤里放了一点虾皮和紫菜。做好了午饭我和外公先吃了。吃饭的时候有个顾客来买对联。这是外公的副业，因为他的毛笔字写得很好。大家在祝寿或结婚这些大日子里送的大礼里经常要配送一副对联。譬如堂哥结婚的时候，婚礼那天不仅仅家里摆了几十桌酒席，每个房间都挂满了送来的大红对联。对联上有两排押韵的大字祝新婚，譬如“琴韵谱成同梦语，灯花笑对含羞人”，或者“海枯石烂同心永结，地阔天高比翼齐飞”。有些文采不错的写字先生会用新郎新娘的名字或者其他相关的字自己作一对联。边上小字一边写的是为什么送对联，譬如“贺大侄徐义文新婚之喜”，另外一边写的是送祝福的人，譬如“二舅张秉松奉心敬祝”。

大喜事的时候大家一边吃酒席，一边还可以对送来的对联评头论足，因为基本上每副对联都是送来的人找他们自己村里或者附近毛笔字写得好的人写。这样每个大喜大悲事也常常成了方圆几十里的写字先生们的一个展览。最近有的顾客会拿着集市上买的已经印好两行大字的对联来请外公题边上的两排小字，这样可以付少一点的钱。不过这样的精致对联经常重复着同样的那几句贺语和同样的字体，反而不如以前那样飘着墨香的对联那么家常和亲切。长长的对联上写那些大字的时候需要有个人拉平，因为店里没有五六米宽的长桌子，而大字是用饱满的大毛笔蘸着浓浓的墨写的，不拉平墨汁没干就会流到一边糟蹋了字。这是我喜欢的活，一边拉着一边看外公写完，然后和外公一起把对联摊在地上慢慢晾干。

帮外公写完对联后我到山下把弟弟换回来吃午饭。他吃完午饭再来换我回去，好让外公回家去睡午觉。可怜弟弟只好在山下的树荫下守着蜜蜂，因为我得在家里的杂货店里看店。中午的知了叫得催人睡，来买东西的和待在店里聊天的人很少，连打麻将和扑克牌的人都回去吃午饭睡午觉准备下午再来继续战斗。

我们店里没有电视机。来买东西的顾客喜欢聊天，或者大家一起打牌搓麻将。电视机实在太贵了。爸爸说如果要买就得买个彩色的，那就更贵了。二舅买了个黑白的电视机，因为他喜欢看新闻联播和电视连续剧。当然新闻联播的女主播杜宪很漂亮大家都很喜欢妈妈可以理解，但是妈妈一直都不理解二舅怎么有心思看那么多集的电视连续剧，而且一星期才放两到四集，有时候一个电视连续剧要几个月才播完。妈妈听说在热播的电视《女奴》有一百集时惊讶得不得了，一点都不能相信怎么会有那么多人有那么多耐心一集一集地看下去。妈妈是典型的急脾气，喜欢看电影，朝鲜的《卖花姑娘》好像是爸妈谈恋爱的时候一起看过的，因为两个人都经常提起。妈妈觉得看长长的电视连续剧该是老人的事，而不是二舅这样年轻人干的。

我们店里的顾客年轻人比较多，大都不喜欢看电视，不像村里另外一家杂货店里老人比较多。爸爸的意思是买了电视也吸引不了更多的顾客。不像镇里的杂货店，每天晚饭后晚自习开始前为了吸引我们这些中学生去买东西，总是不等《恐龙特急克塞号》动画片开始就把电视开了。看完了动画片后总会有一大群的学生从镇上走回中学去上晚自习。爸爸说不如以后有钱先买个冰箱，自己可以用，还可以卖雪糕和冰镇啤酒，因为村里有冰箱的人更少，而夏天的时候冰镇啤酒价格比一般啤酒可以卖得贵不少。

我们周围一个伯伯刚刚买电视机的时候，每天晚上七点都会准时把电视打开，如果天气好就把电视放在室外。他们家每天晚上都聚集着一堆人，天气好的话看电视的人会很多，最后几排要站在凳子上才能看到电视里的节目。尽管大部分电视我都没看过，有些电视名字譬如《乌龙山剿匪记》似乎老幼皆知，连小孩子都在操场上模仿着玩抓土匪的游戏。有一次妈妈说家里没什么活了我要想去看也可以去这个伯伯家看会儿电视。我从小到大除了外婆和舅舅家，不太喜欢到别人家里去，不过这一次倒是忍不住去了。因为去晚了，只能站在四方凳子上远远地看，好像是一个小孩和妈妈终于重逢的故事。

看完了回去，店里的叔叔问我干什么去了。我说我看电视去了。他们问我看什么电视，我就把最后十分钟给他们绘声绘色地描绘了一下，说到那个小孩子见到了妈妈，我也非常深情地学着那个小演员说，“妈妈，妈妈，我回来了。我们再也不要分开了。”店里的叔叔很惊讶地说，“你模仿得这么像，下次你去看了和我来说说就好了，我可不想看电视，屏幕这么小，累眼睛。”受了这个叔叔的表扬我信心倍增，在学校里的朗诵表演比赛上尽管普通话不够准，硬是靠着表演寒号鸟在冬天冻死了很出色得了个第一。

不过自己家没有电视到别人家去看还是有点麻烦的。家有电视的叔叔到了八点多了还没有把电视打开就会有人来催，不管你是不是刚从田里干活回来忙得晚饭还没有吃。还有一次弟弟和我看《上海滩》，赖在一个刚结婚的叔叔家看完为止，尽管他提醒我们好几次，说其实他是不该让我们看电视的，因为不是周末。爸爸后来告诫我们除非这个叔叔家的门是开着的，否则不能去敲门问可不可以看电视。不过《上海滩》实在太诱人了，连我和弟弟这样从来都不看连续剧的人都有点上瘾。有一次不是周末，弟弟和我商量着出去看电视，约定除非爸爸问起就不提看电视的事，因为我们不想撒谎。走了好久的路只为了找可以看电视的商铺，竟然发现已经走到了郭宅的姑妈家，因为我们一路从镇上走过去所有有电视的店都站满了人。姑妈自然很高兴，因为我们除了过年过节很少去，不仅让我们看了电视还烧了米粉汤给我们当夜宵吃。

不过这几天大家还会看看新闻，因为据说北京有很多学生在游行。我们也不知道为什么游行。爸爸说是反官倒，还有人说是大学生太多找不到工作钱也不经用。过去两年物价涨得很快，我们开店的倒是合算的。譬如爸爸说前几个月批发来的白糖，现在已经涨了30%都不止了。有时候批发来的东西，还没提货就又涨价了，把批发单子转让一下就可以挣点小钱。不过妈妈说那也是有得有失的。我们借给亲戚的钱，基本上都是不收利息的，因为是亲戚嘛。他们还给我们的时候最多也就是拿点礼物来表示感谢。这些钱前几年借给他们，现在还给我们就很不值钱了。妈妈叫爸爸不要老是借钱给亲戚，不过爸爸总是做不到，因为钱越来越不值钱，所以两个人为此不少拌嘴。

反正北京在千里之外，游行也只是学生的事。不过又有传闻说杭州也要有游行了，几天前还说甚至东阳都可能有游行。我突然想起上个月一件事。班主任问我们每学期要组织的班级联欢准备搞什么活动。我们几个班干部礼拜六放学了还主动留下来讨论了什么主题比较好，讨论来讨论去觉得没什么新意。有个人提议说他听到初三三班的语文老师，也就是其他语文老师不太喜欢但是学生很喜欢的那个，这个下午正协助他们班办了一个纪念胡耀邦的主题活动，好像和北京的游行有关的，也许我们可以去借鉴一下也搞个类似的。那个语文老师的想法总是很前卫，我们班主任估计不会同意。不过我的好奇心一下子被吊了起来。

其他几个人已经等不及地要回家了。我是班长就打算以考察的名义去初三那边去看看。可惜去的时候发现他们的活动老早搞完了，不过教室正中间黑板上挂了一个很大的黑白相片。我猜那可能就是胡耀邦的照片，尽管我还不知道胡耀邦到底干什么的。黑板上写了几个讨论的话题，都是我念得出但是不懂的字眼，什么“宪政”，什么“反贪污反官倒”。教室里一个人都没有，黑板上的一些字已经被擦掉了，所以我更不懂了。老师的课桌上还放了几朵纸做的白花，我看做得挺精致的就拿了一朵，因为周末了到时候这些东西都会被值班的学生扫掉，不拿白不拿。

不过大家说我们东阳肯定不会有游行，因为没有大学，谁会主动去游行啊。再说，东阳的游行反对谁呢？有人说我们游行是为了支持北京的学生，不是为了反对我们东阳的政府机关。爸爸说那些学生都游行这么久了怎么还游行不出什么结果。

爸爸总是不忘提醒我们，他当红卫兵的时候到北京等待毛主席第八次接见，结果毛主席又说不接见了。红卫兵们很失望，有的离开了北京到别的地方去了。爸爸觉得北京来一趟不容易，又等了几天，结果还真等到了毛主席改变主意接见红卫兵的机会。爸爸还说北京冬天那个冷是他这个南方人想象不到的。他当时实在太冷，把初中毕业证押在北京体育学院换来了一条厚棉毛裤。离开北京的时候考虑再三，决定还是穿棉毛裤走人。爸爸说如果以后去北京，是不是得考虑去把那毕业证赎回来，万一有什么用呢。

妈妈的红卫兵经历比爸爸的还惊险，妈妈坐火车因为很挤和她的同学老师走散了，最后在红卫兵集中转车的火车站里等了几天竟然等到了她的老师。见到老师背着手拿着个陶瓷杯看公报，她激动地叫一声“方老师”。老师转头的那一刻，妈妈说是人生最快乐的时刻。那时候治安好，要是现在说不定她都被拐走给卖了，也就没有我和弟弟了。

除了爸爸单位每年组织的旅游，我们全家人从来没有钱和时间一起出去旅游。爸爸会尽量带妈妈、外婆和弟弟一起去，大概因为我年纪比较大了，可以和外公一起打点杂货店，同时不用落了功课。爸爸说外公比较迂腐，好像一辈子从来没有带外婆一起出去旅游一下。我不好意思回爸爸的嘴，因为他在我记忆里好像也从来没有一个人带妈妈出去旅游过。外婆其实很喜欢去远处看看，因为她的好奇心很强。可惜她不识字不会说普通话，又没有独立的经济来源，如果没有爸妈和舅舅们带她去，她就没有机会去别处看看。

有一年爸爸带着妈妈、外婆和弟弟去天台国清寺旅游，妈妈回来说外婆和另外一个同去的老奶奶每到一个景点第一个问题就是“厕所在哪里”，因为游客很多厕所只有那么几个，要上的话要花相当长的时间排队。还有一次爸爸带弟弟去苏州旅游，结果弟弟全程都有点感冒发烧。爸爸说那是他最累的一次旅游，因为无论到哪里弟弟都不肯走路要抱着。

我没有享受过红卫兵式免费旅游的待遇，也从来没跟着爸爸妈妈去旅游过，但是我有过两次家里人都非常羡慕的长途免费旅游，所以心里一点都不嫉妒弟弟跟着爸爸去旅游。第一次旅游时我六岁，到秋天就要上小学一年级了。不知道是爸爸觉得该在上学前让我去见见外面的世界，还是什么特别凑巧的原因。小叔叔要到杭州萧山和常州那一带出差好几天，竟然打算带我一起去！那之前我印象里从来没有出过横店镇，除了自行车和拖拉机，连汽车都没坐过。县城里也好像从来没去过，更不用说要坐长途火车去外婆都没有去过的省府杭州了。旅游前妈妈不忘张罗着特意请裁缝来家里做了一次衣服，所以当我在杭州给灵隐寺的佛像拿香火拜拜的时候不仅心是新鲜的，心外面从头到脚的衣服也都是新鲜的。

那一次旅游还让自己在村子里成了一个小名人。不仅仅因为村子里很多小孩根本没出过横店镇，很多大人去得最远的也就是东阳县城罢了。如果是个女的，除了像妈妈这样文革大串联有幸去过杭州和韶山，出过远门的更少。更重要的原因是在杭州火车站站台上等火车的时候，叔叔他自己去干了点事情，让我一个人看着行李。在茫茫人海里，我竟然看到了一个同村的婆婆和他的儿子也在站台不远处等另外一趟火车。因为从小爸妈就教育碰到比我大的，尤其是婆婆级别的，一定要打招呼叫声婆婆。这就譬如每天吃完午饭要上学的时候必须和中药店里的叔叔阿姨说再见一样，不打招呼就没礼貌了。当时我就走过去用东阳话和这个婆婆打了招呼，她觉得我六岁出远门就一点都不慌张，还在远离家乡的地方碰到熟人记得叫婆婆是件非常了不起的事。

那次旅游这个婆婆比我先回村里。等到叔叔和我旅行结束回到村子里的时候，村里的好多人都知道我在远方的杭州叫婆婆的经历了。直到我都上初中了，这个婆婆还是见我就夸我。尤其是我后来得个什么奖或考个好成绩的时候，这个婆婆就会说她知道我肯定会有出息，因为我从小就这么能干又懂礼貌，说得我每次都很不好意思。

第二次长途旅游是四年级的时候。我被评为市优秀三好学生，参加了市里组织的夏令营。据我所知那一次到杭州莫干山的夏令营是市里前所未有的。喜欢我的老师事后告诉我，我的名额差点被一个有关系的学生占去了，还好小学里我从来没考过第二名，让别人没有了借口。我们浩浩荡荡一个大车几十个学生和老师，还有市共青团的几个领导，在莫干山免费游玩了十几天。到现在我还经常看当时拍的集体照片，因为那一次旅游实在太难忘了。莫干山青青的竹子，不太理解的干将莫邪铸剑故事，山上许多高档别墅，都让我们这些本不相识慢慢在山路行走中成为朋友的孩子们兴奋不已。这一次旅游也让我认识了很多同龄的不同镇上来的朋友，因为好像除了市中心的吴宁镇，其他镇都只有一两个夏令营的名额。据说这大规模又高档的夏令营后来市里就没办过了，因为花了太多的钱。

在莫干山夏令营的时候，带队营长要求每个学生给家里的父母写封信，写好了贴上莫干山当地的纪念邮票寄走。寄走后我还想象着妈妈哪天早上从邮差手里惊喜地接过我第一次给她写的信，读到我在莫干山的快乐生活，然后把信给爸爸和外公看，让他们也感受我的快乐。后来才发现邮局效率真慢，因为夏令营结束后我都到家了写的信还没送到！夏令营联欢会上要求每个人都上台表演，我刚开始有点后悔没有选书法表演，五音不全地唱了一首《采蘑菇的小姑娘》，不过后来发现队员里有几个书法更不错的！

我把爸爸给的二十八块钱都花得差不多了，给家里的每个人都买了礼物，也第一次尝了尝咖啡和橄榄这平常镇上没有卖只有在书上才读到过的东西。回家的时候外婆很诧异，因为她说那二十八块钱都快是爸爸半个月工资了，还说爸爸给的钱是给我应急用的，或者不要在城里比较有钱的学生面前太寒碜，而不是让我拿去享受生活和买礼物的。我心里还真有点不好意思，尤其是外婆后来又说我好多次花钱不节省。不过爸爸给我钱的时候可一点都没提过这钱是应急用的。外婆说这我该自己就能悟出来。外婆那一代人总是说话不直接，什么都要悟出来，实在太累人了。也许以后再长大一些我也能很快就领悟出很多没有直接说出来的话！还好这一次至少外婆说归说我乱花钱，心底里还是喜欢我给她从莫干山买来的礼物。

小舅舅觉得爸爸说文革时候串联好是因为爸爸头脑简单，不过爸爸只说是大串联好，没有说文革好。不过有时候觉得小舅舅他们那一代人错过了红卫兵式免费全国旅游，听到当过红卫兵的人提起毛主席接见是吃不到葡萄说葡萄酸。想想要不是大串联，像我爸爸妈妈这么穷的人，怎么能免费去北京上海韶山玩？外公高中毕业还一辈子都没去过北京呢！而爸爸这么个初中都没毕业的穷小子就仗着红卫兵的身份去了，而且是免费的。有什么其他政策更能体现我们社会主义国家里人人平等和自由呢？

在市政府工作的表舅回来说都是学生闹事，反正闹来闹去不会太暴力，因为都是纯洁的有文化的年轻人。这下子店里的人都齐声反对，觉得表舅简直太天真。店里的老爷爷说无毒不女人。女人和孩子平常看起来文静，打起人来一样心狠手辣的，再说有文化的人也很难讲是不暴力的。以前地主比长工有文化不照样打得长工哇哇叫。老爷爷们的比喻有时候很奇怪，但是妈妈说文革的时候我们隔壁婶婶家的厕所就是村子里几个年轻人砸的，而且批斗起老公在台湾的老奶奶的时候，那些上过点学的红卫兵比谁都凶狠。

天热得很，但是因为担心那跑走了的蜜蜂，本来昏昏沉沉的下午一点睡意都没有。昨天下午爸爸、外公、二舅舅和小舅舅围着二舅舅的黑白电视看了会儿新闻，似乎这游行也还算件大事，因为外公是从来不看电视的。他有老花眼，平常有空宁愿在家拉拉二胡，写写毛笔字，画画云彩，或者动手修修补补家里的锄头扁担草帽或者雨鞋。爸爸也是从来不看电视的，因为他又要上班又要给家里的杂货店进货。不过他们也就看了十几分钟，等到外婆派我去叫小舅舅回家吃饭的时候已经看完了。

感觉好像就是学生们游行有要求，但是和其他人也没什么大的关系。和我们农村里的人就更没有什么关系了，因为他们都是大学生，要求的大都是大学生自己想要的。就譬如当初知青游行，要求的也就是回城，而不是提高农村的生活水平，让生活在农村和生活在城里一样。那时候农村里的人还巴不得知青回城去，因为他们在农村里活干得不多吃得倒不少。要是大学生们提出要求废除农村户口，说不定村子里的很多人也都去东阳支持北京的游行了。

不过早上村子里倒是还真发生了件大事。很多人聚集在我们店门口的操场上。我想这些人要是都去东阳游行，估计也算有点规模了。刚开始的时候我们还不知道什么事，只看见一辆汽车开进村来停在操场上。当时在村里汽车是很少见的，所以小孩子一看来了汽车就都围上去了。下来四五个人看起来是市里来的，因为他们问小孩子的时候口音和我们不一样。尽管从市里到村里开车就一个小时的路程，我们还是能听出完全不同的口音。

过了一会儿村里管计划生育的婶婶被小孩子叫来了，原来来的是市计生委的。这很奇怪，因为村里和镇里的计生委工作经常受到好评，我们村里除了一个叔叔带着家人到外地打工，偷偷生下了个儿子，还没有其他什么人家敢超生的。那个叔叔好像是三代单传，所以即使家里所有的家具都被没收了，还是坚持生了个儿子。有个婶婶已经有了个儿子，又怀了第二胎都五个多月了，仗着反正她很少出村子镇里人不知道，想再生一个。可是村里专门管计划生育的婶婶消息很灵通，马上就来做思想工作。这样软磨硬泡的直到有一天我看到怀孕的婶婶来买东西的时候肚子已经扁了。大家私下里说她偷偷做了 B 超，知道不是儿子，再加上干部的压力，就打掉了。

不过有一次店里那个老是哪壶不开提哪壶的公公碰到这个婶婶，就问她说怎么没勇气生了，因为以前她嘴巴比较硬，说罚款就罚款，一定要再生一个。婶婶说镇里干部给的压力太大，因为她丈夫的弟弟是个小村官。镇里人就叫她小叔子来做思想工作，如果做不通她小叔子的小官也就不要想再当下去。她丈夫想来想去，反正已经有一个儿子了，就不生了。

骑自行车的邮递员到我们店里来送信的时候操场上已经站满了不少人。因为我们都没有门牌号，写信的地址就是写到村里。如果是电报邮递员会叫小店的人指路争取尽早送到家门口，一般的平信都放在村头，村中和村尾这三个小店里。我们小店再托来买东西的人带个口信叫收信人来拿信。如果你想等信就要早早地到小店里来，等邮递员的绿色自行车。谁家有来信我们都知道，尤其是夏天高考后如果谁考中大学，我们店里的人经常第一个知道哪个大学寄来录取通知书了。

村子里房子和房子之间的弄堂都比较小，所以市里来的汽车只能停在操场上，不能直接开到想去的那一家门口。开始的时候大家都不知道到底谁家偷偷要超生了，等到邮递员来的时候大家才知道了大概的来龙去脉。原来谁也没超生，只不过村里一个家境不错已经有了一个儿子的叔叔前一段时间早上开门，发现有人在他家门口扔了个棉包，包里是一个刚出生的小女孩。因为已经有了一个儿子他们不能再生了，那个婶婶就把这个小女孩给养起来了。他们本来想养一段时间后，反正生米煮成熟饭，到时候再花点钱通通关系，报个户口下来就没事了。

可是世上没有不透风的墙，尤其是村子里家家户户都靠得这么近，你家里每天晚饭吃什么都有人知道，更何况突然多出个婴儿来了。不过据说周围的人家也睁一只眼闭一只眼的没有去报告。有人说这个叔叔挣钱比较多，而多挣钱的人总不免得罪过别人，有人说村干部知道了怕不去镇里报告万一怪罪下来受处分。反正最后市里来人了，而且来的还有民政福利院的人，要把这个小女孩抱走送到福利院去。也有人说本来这个叔叔想让他老婆带着小女孩到外地养一段时间避避风声，但是市里的人一知道这事情就威胁说不马上交出小孩，这个叔叔就不用去上班了。大家叽叽喳喳地议论着，尽管谁都不完全知道怎么回事。小孩去福利院的日子估计不如在这个叔叔家的日子好，但是市里坚决不能开这个先例，否则到时候大家超生了女孩就丢到条件好的人家，甚至故意扔到朋友家让他们领养，那计划生育政策就形同虚设了。

据说养了小孩的叔叔并不知道计生委民政局的人这一天要来抱女孩，但有人说已经通知过的。即使知道要被抱走，可小孩养了几个月也有感情了，市里的人来的时候婶婶把门关了抱着小女孩不肯交出来。这样操场里的人越来越多，村干部也被叫来做思想工作。反正市里的人说没有小孩他们肯定不会空手回去的。

最后婶婶还是妥协了，不过市里来的人一抱这小女孩就大哭。最后实在没办法，就叫村里另外一个婶婶抱着把小女孩带走。这样大半天后大家才慢慢散去。有时候我想命运真的很无常。如果生的第一个是女孩，家里人往往不是很失望，甚至有点高兴，因为如果第一个是男孩的话，就不能生第二个了，但是如果第二个还是女孩，家里人往往很失望，因为现在要养两个孩子，而且两个都是女孩子。有时候有些人家失望得宁愿把这第二个女孩先扔掉。这样可以再生一个，直到生个男孩为止。不过很多人开始偷偷做B超，如果第二个是女孩就流掉了。妈妈说流产很伤身体的，但是我们亲戚里也有这样的。不过B超有时候不准。听说一个表姨流掉了才发现是个男胎，后来怀了坚决不流了，结果又生了个女孩。不知道那些制定计划生育政策的人有没有意识到这个政策带来的后果。不过两个表哥都生了两个女孩，妈妈说就该这样，女孩也挺好，譬如我这样的。妈妈很少表扬我，不过一提到生女孩并不糟糕就拿我做例子，我知道妈妈还是很以我为豪的。

哎，那些逃走的蜜蜂要是有人那么听话就好了！弟弟说不定在外头无聊，忘记看住蜜蜂，已经捉螃蟹或者去挖泥鳅去了。那些蜜蜂说不定已经逃到我们再也找不到的地方去了。爸爸怎么还没回来呢？是不是东阳真的有游行，爸爸妈妈这两个老红卫兵也忍不住加入了游行队伍，把我们给忘了？不过这么一想我都忍不住噗哧一声笑出来。想象一下爸爸妈妈这两个人像红卫兵一样雄赳赳气昂昂，背着烟草公司批发来的两大包香烟喊着“反对官倒、反对贪污”那才叫好笑。

下午还来了几个要给裁好的衣服拷边的顾客。爸爸妈妈总是想着在店里加点服务，顺便可以多挣点钱。爸爸说以后要买个台球桌来，让大家交几毛钱打台球。弟弟自然高兴的很，不过最近还没有什么动静，尽管镇上开台球桌的几家生意很兴隆。妈妈发现家家户户都要请裁缝来做衣服，但是周围没有几家提供拷边的服务，就买了一架拷边机。当然裁缝也能拷边，但是裁缝平常生意很好，不愿花时间给衣服拷边，只愿意花时间裁衣服和缝衣服。拷边是低技术的活，我发现用了几次我也可以帮妈妈干。后来发现拷边是很容易，但是要知道在哪块布片上拷还得懂点衣服的裁剪才行。而妈妈不在我只能和来拷边的人说，除非你的裁缝给你画好标志哪儿该拷哪儿不该拷，否则只能等我妈妈回来才行。不过裤子的裁剪都是一样的，所以妈妈不在我还是帮顾客拷了边，挣了点额外钱。

夏天的午后店里顾客很少，因为大家都回家午睡了。有时候太困了就趴在柜台上，或者蜷缩在躺椅上睡会儿，或者看书做作业。这时候就最讨厌村子里有个叔叔来买东西，因为大家都知道他有“猪手”。村子里每个年龄段的男人，都有那么一两个人是有名的让人讨厌的“猪手”。他们喜欢调戏女人，很多时候故意趁人不注意去摸一下。周围的人看到了基本上就当笑话看，从来不觉得有什么不妥当。但是我觉得这些人真的很讨厌。不过他们也会看人家下手，像妈妈和我这样大家族里的人在村子里就没有人敢动手动脚。

以前还以为这样讨厌的男人只有村子里没多少文化的人里才会有。后来上学了发现其实到处都有，只不过没有那么明目张胆，或者方式稍稍改变一下。不过奇怪的是这些人是谁大家都心知肚明，但是又没法送他们去派出所。学校里的一个老师也是有名的喜欢揩便宜的。因为那个老师手里有很大的权力，据说有些教音乐体育等副课的女老师想到我们学校来教书，如果没有其他关系可托就得和他上床。不过学校需要优秀的教文理正课的老师，所以教正课的老师一般要靠本事才可以来我们学校教书。

据说女同学都很讨厌去他房间。他不教我们这一个班，所以我从来不用担心被叫到他房间。不过有一次还是因为学校的事，需要当班长的我去一下他的房间。老师的房间其实离教室都很近，而且房间之间隔得很近，房门也总是开着的，周围总有很多人走来走去，倒也不会发生什么大事。但是即使在这么公开的环境里，这个老师竟然说着话就把我的手给拉过去摸我的手掌。我大吃一惊，没想到这个老师竟然真的敢干这么恶心的事。我唰得马上把手拉回来，很讨厌地瞪了他一眼就从他房间走出来。他可能没想到我这么不妥协，也有点目瞪口呆的样子。

村子里的那个“猪手”叔叔让我很讨厌是因为其他的男“猪手”大都只敢欺负结婚了的女人，而这个叔叔据说只要稍微年轻一点的女孩子就敢动手。我没有亲眼见过他欺负我的小伙伴，但是她们平常一看到他走来就宁愿离他远点。我知道因为外公和爸爸在村子里的威信他不敢对我怎么样，更何况我只有寒暑假和周末才在村里住。但是在夏天午后没有其他顾客的时候，我也宁愿这些“猪手”们不要来买东西，因为我心里恨恨的讨厌他们至极点，但是又没有什么惩罚他们的能力。

这样熬着到了下午，外公来替我，我去找弟弟。他还好没有太淘气，螃蟹捉了半天只捉了几只，蚱蜢倒是捉了不少都串成一串。嘴角的颜色还说明他去边上别人家的桑葚地里逛了逛，吃了不少乌黑的桑葚。关键是蜜蜂还在！这蜜蜂打也被我们打了，骂也被我们骂了，现在大概知道我们两个小孩是拿它们没办法，就继续采蜜不理我们了。我看着蜜蜂在跳着不同的舞，记起看过的课外书里有讲蜜蜂用不同的舞蹈代表不同的信息，于是我就不去想别的，和弟弟安心地半躺在稻草堆上看它们跳舞，等爸爸来把它们捉回去。

太阳慢慢下山了，各家的烟囱里升起了袅袅炊烟。热气被一些凉风代替，田野里的万物似乎都松了口气，又度过了一个炎热的日子。空气里甚至有点清新的甜甜的果实的味道。路边的人有的趁天凉下来去地里干点活摘点菜，也有的从田间干完活回家去吃饭。每个路过的人都叫着我和弟弟的名儿和我们打招呼，不知道的问我们怎么不回家吃饭去，知道的也打声招呼，似乎告诉我们他们也惦记着这事。如果他们碰到什么人可以把这些蜂引回家，我知道他们肯定马上会叫来帮忙。村子里就是这样，一家的事就是大家的事。

不久爸爸和几个叔叔拿着养蜂人常戴的帽子来了，三下五除二爬上树就把蜂王和一些蜜蜂装箱子带回去了。爸爸说不用担心剩下的那些蜜蜂，因为它们会用跳舞的方式互相告知。最后所有的蜜蜂都会回到蜂王身边。弟弟说看来还是要有技术。爸爸和叔叔们把蜜蜂捉回去的动作极快，而这一整天里我们使了多少招式，最后除了被蜜蜂叮却一只蜜蜂都没捉回去。

妈妈买了一肚子鱼子的活鲫鱼。晚上爸爸妈妈外公外婆，还有同样爱吃鱼的二舅舅一起来吃了一顿美美的晚餐。爸妈说在东阳根本没看到游行，只看到大家都忙着挣钱。香烟的进货价格又涨了不少，不过关键是，蜜蜂回家了。

本来平常周末我都骑车带弟弟去镇上。如果周一早上再从村子里骑车去镇上，除非天不亮就走，否则肯定会迟到。晚上很晚了，凑巧开拖拉机的姑丈给我们杂货店送来了几十坛黄酒，晚上开空车回家要路过镇上，可以顺带捎我和弟弟。爸爸用绳子把我的自行车固定在拖拉机上。姑丈在前面开，我们背着双肩包，站在拖拉机后面装货的地方，手抓着拖拉机上的横杆，头发被风高高吹起。黑夜的路上没有什么人，路两边是无尽的农田。那一刻我感受到了繁忙的一天那一种无尽的轻松和愉悦。

第九章

# 吵架和自杀

早起对弟弟和我来说都是件挺难的事。有时候早上爸妈六点不到已经到自留地里干活。他们干到八点太阳变热，回来吃早饭的时候，我和弟弟才快快地起来刷牙。接下来爸爸去上班妈妈继续忙活着家里的事。邻里之间住得很近，而且村子里的人很少有小嗓门的，弟弟和我竟然也很少被吵醒。不过过年杀猪的时候，猪从猪圈里被四个大人兼屠夫拉出去，架在四方凳上，由村里的屠夫一刀从脖子里捅进去杀掉的时候我们肯定会被猪吵醒。还有就是后面邻居吵架，伯母在他们家门口大声哭的时候我们也会醒来。

这个婶婶平常大家都很喜欢，所以吵架哭了听着心里就很让人难受。吵架了总会有很多婶婶去劝她，不要哭了，自己保重身体。有时候我不经意地从前面一排屋走到后面一排我们家小屋的厨房里，突然听到她哭，还有许多劝架的人说话，我不知道是不是该把小屋的后门打开。因为后门后面就是婶婶家，而且劝架的时候大家要不就站在她家房檐下，要不就站在后门对着的路上。开了门让我觉得会突然中断大人的事，不开吧又觉得好像我一个人在门后偷听大人话。不过这对伯伯婶婶倒是只有嘴上吵架，不像边上另外一个叔叔一吵架不仅仅嘴巴吵，还老是一边骂一边打老婆。

不知道为什么，村子里外婆住在村头的上台门那一块，边上的夫妻好像很少吵架，而我们住的村尾的下台门这一块，附近的夫妻好像天天都有吵架似的。来店里的人大都是下台门的，和住在中台门的二舅有时候会一对一对夫妻数过来，先口头统计一下是不是下台门的夫妻真的比较容易吵架，然后分析半天原因。按理说所有村里人都是同一个人的后代，但是奇怪的是差别就是挺大。最后大家得出结论，上台门的读书人比较多，而下台门大多是读书读不太来，或者家里穷的人比较多，所以比较蛮，比较会打老婆。

人和人的差别真的很大。譬如去青海养蜂的叔叔回来说那里信伊斯兰教的回族人不吃猪肉。真的吗？店里的人都有点不相信。村里有几个信佛的老太太常年吃素。有时候外婆也会在佛祖生日那段时间吃素，但那是什么肉都不吃，而不是猪肉不吃其他肉可以吃。我也觉得很难相信。猪肉比青菜贵七八倍都不止，竟然有人会不想吃猪肉。不过叔叔说也许不是不想，是他们的信仰要求他们不吃猪肉。为什么呢？叔叔也答不上来，不过他说他在青海的时候吃了很多猪肉，因为猪肉比其他肉都便宜。这个叔叔平常从来不撒谎的，所以即使我们都有点怀疑，最后还是选择信了他。有时候觉得人真奇怪。以前我还以为所有的中国人都和我们生活的一样。不知道有没有什么地方的人永远不吵架，至少夫妻不吵架。

夫妻大吵，很多婶婶就会赌气回娘家，如果娘家能给你壮点势力的话。这时候叔叔们往往先嘴巴上很硬，告诉周围的人他是绝对不会去接她回来的。过了几天这些叔叔们就不多说了，大概因为他们意识到给自己和孩子做饭，或者顿顿带着孩子去他们奶奶那里蹭饭吃，是件多烦的事。这样静悄悄的婶婶就被接回来了，直到下一次吵架。

有时候娘家人看女儿被欺负跑回家来就很气愤，会有老丈人或小舅子到村里来训话。大家也不会去想离婚，嫁出去的女儿泼出去的水，更何况户口都已经迁到丈夫家去了。如果娘家不愿提供住的，或者娘家的村子不肯让你把户口迁回来，那就离婚了连个住的地方都没有。再说如果离婚了，孩子尤其是儿子女方肯定是带不走的。很长一段时间村子里好像只有一个男人离过婚。他的老婆据说是江西那边的人。大家都觉得那是外地女人不一样，而江西给大家的印象是贫穷落后的。后来年轻人里倒是有开始离婚的了。不过离婚总归是让大家看着有点不顺眼的。村子里离婚的那个叔叔有两个女儿。这两个小孩来买东西的时候，店里有几个特别让人讨厌的人，明明知道她们家的情况，还是会问她们，“你还记不记得你妈妈什么名字？”有时候又会问她们，“你是哪里人？东阳人还是江西人啊？”这时候我就很讨厌这些大人。小女孩要买的东西我总是多给一点。没有爸爸或妈妈又没有爷爷奶奶外公外婆护着的小孩似乎经常受欺负。我们学校里最近也转进来一对姐弟。关于他们的信息第一个传开的就是他们父母是离婚的，而那时周围的同学几乎没有一个人的爸妈是离婚的。不过有些同学似乎有点羡慕那一对姐弟，因为父母离婚的孩子似乎连带着就有那么一点点前卫和与众不同。

妈妈私下里说她觉得赌气回娘家其实一点都没用，不仅仅给娘家人带来烦恼，而且最后不还是得回家来。不过有时候你明明知道没有用，心里还是很火，所以会吵架。我想妈妈觉得回娘家会给外公外婆丢面子，因为夫妻吵架毕竟也是一件丢脸的事，尤其是对外公这样体面的教书先生家庭来说。我知道爸爸妈妈也是吵过架的，不过他们好像尽量避免在我和弟弟面前吵。我和弟弟平常住在镇上，也不知道他们俩在村里是不是有吵架。有几次礼拜六回去要不是二伯伯嘴巴漏了风，我们也不会知道他们吵过架。

有一次礼拜六回家，家里什么吃的也没有。原来爸爸妈妈大吵了一架，妈妈也不回娘家，尽管外公家就在同一个村子里。妈妈就到了一个堂伯伯家。村子很小，如果妈妈到了晚上还没有妥协回到我们家，估计吵架的消息就会传到外公那里了。爸爸自己叫妈妈叫不回来，就让我去叫。

天下着雨，我打着雨伞走了半分钟就到了堂伯伯家门外。他们家的大门是关着的。我猜妈妈肯定在亮着灯的那个房间，就走到那个房间外叫了几声妈妈，叫她回家来。我能听到她有点哽咽应我的声音，还有婶婶们劝她的声音。我等了一会儿她还是不肯回去，不过她隔着窗户叫我先回去吧，否则下雨淋湿了。我说我有雨伞，但是她还是叫我先回去。我看她也不会马上回去，就打着雨伞回家了。

我都记不得那天晚上妈妈什么时候回来的，反正她回来的时候我可能已经睡着了。我就只记得那天晚上下着不大不小的雨。我穿着雨鞋打着雨伞，站在窗户外时看到昏黄的灯光和淅淅沥沥的雨，嘴里叫着妈妈回家。那时候我想要是我们住在村头外公家那一块就好了，因为我们住的周围夫妻吵架的这么多，连爸爸这样还算念过一点书的人，也被影响了[1]。村里人家大都是住在父母附近，房子都是一代一代继承，基本上没有什么房子上的买卖。尽管村子很小，倒是很少有人从下台门搬家到上台门去，或者从上台门搬到下台门

1 多年后和爸爸谈起这件事，爸爸说和妈妈偶尔拌嘴肯定是有的，但是没记得妈妈吵架后去别人家的。而且妈妈也是很爱面子的人，应该不会这样。因为年代久远记忆模糊，也许妈妈吵架后刚好出去有事处理，好久不回来，爸爸叫我去叫妈妈回来，作为小孩子的我以为妈妈吵架后不肯回家来了。因为周围邻居夫妻吵架的比较多，我记得当时自己心里确实是对吵架比较敏感的。尤其是外公非常不喜欢家里人吵架，尤其是在亲人面前吵架。在我记忆里外公从来没有和外婆吵过架，也没有那个年代的人常有的教训外婆的作为。如果舅舅舅妈们回家来当着他的面拌嘴，他会很生气，有一年过年他甚至生气得很不寻常地一大早就从他自己家到我家来了。当时看到外公生气我也很生气，一直忘不了外公生气得甚至有点痛苦的脸色。因为除了爸爸妈妈弟弟，我最亲的就是从小带大我和弟弟的外公外婆了。在外婆家外婆做家务时，我们就在外公写字的那间房子待着。也许因为外婆特别宠弟弟，也许弟弟那时候太小做不了外公的下手，很多时候我就觉得外婆是弟弟的，而外公是我的，如果谁惹外公生气我也会很生气。现在我自己结婚了有了孩子，尽管很努力去做，也意识到要在长辈和孩子面前一点都不吵架还真是挺难的。

来。我和弟弟只能乖乖地跟着爸爸妈妈住在爷爷附近，而不是住在外公家附近。

我们家周围夫妻吵架的虽然多，倒是很少有婶婶一气之下拿农药瓶喝的。不过方圆几十里经常会听到这样的故事。如果是吵架的时候喝的肯定马上被送到镇上去灌肠，所以很少有死掉的。这样的事很多，即使发生在另外一个村子，过不了两天大家都知道了。相对于邻近的村子，我们村又算是大村子了，有我们自己的小学供村里人和邻村人来上学。除了午睡那段时间，我们小店里从早到晚人流不断，尤其是晚饭后，周围的人基本上没事都聚在一起聊天打牌，所以什么新闻都逃不过。村里五六户人家有电视。看电视的人反而对附近发生什么事非常孤陋寡闻，因为电视上的新闻都是中央和省里的。

有时候听到某个婶婶赌气喝了农药，本来是抗议一下，但是没有及时发现死掉了。每次听到这样的事，即使没有死掉，妈妈经常会很不理解地说，“这些人难道不想想孩子吗？自杀其实也是很自私的。再说了喝农药伤了自己身体，何苦呢？”我也觉得很不能理解为什么这些婶婶赌气要喝农药，不明白有什么人什么事值得你自杀。再说自杀了孩子留下来没了妈，孩子多可怜。父母好不容易把你养大，这不是逼着他们白发人送黑发人？再说，拿自杀去要挟丈夫，往往得不到更多的爱，最后得到的往往是丈夫的害怕，因为他怕一条人命在他手里。

不过自杀还不是最让妈妈不可理解的。最让爸妈不可理解的是拿着孩子的命要挟丈夫的。有一次一个婶婶吵架吵着要把孩子从二楼扔下来。我也不理解，但是我总觉得这些农村的婶婶有点可怜，主要是因为她们没有经济和户口上的独立。供销社里工作的阿姨就很少有想不开自杀的，因为她们都有自己的工作，不用靠丈夫过日子。我暗暗下决心，这辈子一定要独立，这样不用吵架更不值得自残自杀，也不用回娘家，大不了自己一个人带着孩子过。

不理解归不理解，村里还是有自杀的。其中一个是我们家的堂亲戚，据说跳水库自杀的。不过好像是很多年前的事，所以对这个堂姨没有什么印象。但当一个就比我大五六岁、在东阳中学念书的大姐姐自杀的时候，我还是觉得不可思议又莫名地不安。我们村里人读书和中国的奥运团队一样，一直是有点阴盛阳衰，每年考上重点高中的都是女生居多。这个大姐姐考上的时候她爸爸妈妈非常自豪的。

她自杀后大人们聊天好像故意不想让小孩子听到，又实在忍不住互相传话。在小店里很多时候大人们自己瞎掰没注意到我，所以陆陆续续听到了无数版本，有说她是喝农药，也有说她吃安眠药，有说她是失恋，也有说她怀孕了。妈妈要是听到有人在八卦这个大姐姐，尤其是这个怀孕的传闻，总是马上叫大家别瞎说了。未婚怀孕，尤其是还没高中毕业就怀孕是非常丢人的事，比离婚还让父母的脸上无光。妈妈觉得死都死了，还瞎八卦人家就太缺德了。不过来店里的有些人还是经常津津有味地讨论这个大姐姐的死，主要是大家确实很想知道这个优秀的大姐姐为什么就自杀了。有一次这个大姐姐的亲戚和妈妈私下里抱怨村子里嚼舌头的人太多了。妈妈也忍不住说，“其实我也想知道她为什么自杀。你们把真相都告诉村里人反而会少很多流言。”可看到那个亲戚脸上露出难言之隐的表情时，妈妈也就不多说了。

有时候我真希望那个大姐姐没有自杀，因为我可以告诉她，没有什么事是那么糟糕的。小学三年级的时候班上的女同学合起来欺负我，尽管我天天都哭，觉得真的一点办法都没有，但我一直坚信时间是最好的武器。过了一段时间，同班的同学就不见得继续同班，有的甚至连初中都不见得考得上。总有那么一天，你可以惹不起而躲得起，不用和你讨厌的人在一起，不用继续做你讨厌做的事。因为世界这么大，好人还是大多数，你总能找到志同道合的人做朋友。最绝望的时候看点书学点技能或知识总是有用的，因为知识是最好的复仇武器。即使不为复仇，知识可以帮助你选择离开，寻找更友爱的生活空间。

死了还让这么多人在背后嚼舌头，让还活着的父母痛苦，这么想想也没有什么事情是值得人去自寻死路的。这件事上爸爸的观点很简单，平常好好学习，不要干傻事。如果干了傻事，不要干更傻的事去自杀。在爸爸看来，我们能活着是多么不容易，能考上重点高中基本上考大学都不会有问题，如果因为一些事情，身体健康却去自杀，在爸爸看来简直是世界上最大的傻事。

第十章

# 人民大会堂

稍稍大一点的村子都会有个大会堂。我们村子自然也不例外。高高的墙上五星标志下刷的那五个大大的字—“人民大会堂”—是外公写的。门口两边墙上经常有印刷体的标语，明明知道村民们不同意，照样写着“只生一个好”或者“生儿生女都一样”。跟着外公我已经养成习惯，看到一个大字就一定得仔细看看这个写字人书法水平如何。印刷体总是千篇一律，没什么可以品味的，连带着让人对写的内容也失去了兴趣。

妈妈说小时候老是要在大会堂开会。村干部在村里的广播一喊，大家就带着自己的竹凳或者四方小凳子到大会堂去。大会堂也兼具戏台子的功能，村里平常放电影或者做戏都在里头。开会的时候村干部坐在高高的戏台子上，其他人在下头坐着。因为会总是很长，所以没上学的小孩也肯定带上，还经常有婶婶一边开会一边喂奶。妈妈说这实在太不雅观，不过不是每个婶婶都像妈妈那么害羞的。妈妈自己平常一般带上毛线球，一边织毛线一边开会。

平常也有镇里人来放电影。免费的电影在我家门前的大操场上放，要买票的电影都在大会堂里放。刚开始的时候爸妈还带着我们去看。放电影之前挤得人山人海的，因为外村的很多人也赶来看，更不要说那些已经可以谈恋爱的大哥哥大姐姐们了。自己买票还得自己带凳子进去，去晚了只能在后面而且要站在凳子上看。弟弟每次要去看的时候兴奋得很，看了一会儿兴奋劲儿过去了就睡觉，还得爸爸抱着才肯睡。睡着前还一定要我们答应他，如果我们看到电影里有汽车出来得叫醒他，因为他只看有汽车的片段。

看了几次电影后爸爸实在不想带我们去了，因为抱着弟弟看电影“简直比打仗还累”。后来很多电影就免费放了。不过去大会堂里看电影的人，不如在我们家前面那大操场露天放电影的时候人多。放电影一般在夏天农忙后。看露天电影的情调比在大会堂里浓郁多了，尽管有时候中间会突然来场暴雨。电影中场换带子的时候灯光就全打开。大家能看到许多年轻人都很兴奋，东张西望地看看到底有没有自己中意的人儿也来看电影了。看来大会堂还是比较适合开会不适合娱乐。

不过分田到户之后到大会堂开会就少多了，而且即使广播里叫大家去开会，也不像以前那样不敢不去开。大会堂边上现在是村里已经承包给私人的杂货店。妈妈生我之前那里真的是公家的。表姨自己在村头开了家私人的杂货店。我们家没开店之前，平常我们要买东西就宁愿走远路到表姨家的店里买，而不在大会堂边上的店里买。四年级时爸爸妈妈看到我们家附近的人家也比较多，即使只是亲戚们来买东西也有点小钱可以赚，就自己开了个杂货店。

大会堂边上还有村里的幼儿园。我有时候觉得上幼儿园还不如在家和妈妈或者外公外婆在一起，或者跟着舅舅伯伯堂哥们去捉鱼有意思。印象里幼儿园有两个老师和二三十个总是吵吵闹闹的小朋友。那些大草包们欺负人老师也不管，非常让我气愤，不过我又打不过那些草包蛋。不知道为什么他们从来没欺负过我，也许他们知道如果欺负我，我肯定不会像其他小孩那样只知道哭，至少要保证他们回家被父亲打一顿为止。村里的伯伯叔叔都知道我是有学问的知书达理的外公的外孙女，平常是不会说谎的。如果有谁欺负我，我就告诉大草包的爸爸他欺负我了。我发现大草包们都有一个弱点，那就是大都有一个抄起鸡毛掸子就会打一顿的父亲，和一个非常溺爱他们的母亲。

家里的人都喜欢钓鱼。不过村里不成文的规矩好像是只有男的拿着竹竿钓鱼才像样。女的可以在水塘或溪里摸螺蛳。我的皮肤很敏感，一点皮弄破了就容易感染，所以不喜欢下水捉鱼。有几次弟弟和堂哥们在操场前面的池塘里钓鱼，我也在边上拿着竹竿钓，还钓了几条小鱼上来。边上走过的老公公们就觉得我太稀奇了，因为他们大概一辈子没有看到过一个女的拿着鱼杆钓鱼，而且还钓上鱼来。不过这个世界对老公公们来说变化已经很多了，看到一个女人和男人一样拿着鱼杆钓鱼奇怪是奇怪，最多说几句稀奇而已。再说我沾了外公舅舅的光，也算是村里的读书人，新潮一点也是正常。不过我还是没有弟弟那种等鱼上钩的耐心，宁愿跟着二舅舅，可以既不下水又能快快地捉到鱼。

二舅舅不嫌弃我是女孩，有时候半夜要去抓黄鳝的时候也会带我去。暑假的时候我睡到半夜舅舅来叫我起来，因为舅舅是老师也有暑假，太累了第二天可以在家补觉。他背着大箩筐，我背个外公自己编的小竹箩筐。我们都拿着手电，走在田埂上，在放满了水的稻田里找出来透气的黄鳝。黄鳝在水里一动不动，舅舅用个竹夹子一下夹住了，放到箩筐里，等到回家的时候放在水里养着，想吃就宰了。和我们这样半夜来抓黄鳝的人不少，因为远远地可以看到很多慢慢移动的打着手电的人。田野很宽阔所以很少和其他捉黄鳝的人碰头。有时候难得在路上碰到大家会比比收获如何。

如果谁都没空，我至少还可以做外公的小跟屁虫。跟着外婆得帮着烧火洗菜淘米，跟着外公就干点技术活。他写毛笔字的时候如果纸比桌子还长就给拉拉，省得墨汁流开，等到他写完了两个人一起抬到地上晾着。外公补雨鞋的时候在边上当小帮手。不过外公拉二胡的时候我就很无聊了。舅舅说外公年轻的时候更热衷于拉二胡，有时候甚至走几十里路和他的乐友们在一起奏乐。不过现在外公很少去会乐友了，最多就是舅舅回家来的时候在一起拉。小舅还自学了拉小提琴，有时候回家来自己一个人在村头小路上陶醉地拉琴。

除了很少下棋，几个舅舅们基本上受的是外公潜移默化的“琴棋书画”教育。反而到了我和弟弟表妹这一代，整天就是读书读书的。有一次爸爸下班回来看到我和弟弟下雨天实在没东西玩在下象棋，发现“象”都跑到对方的阵营了，我们俩还下得津津有味，实在哭笑不得。有时看着外公家那几把二胡高高地挂在墙上成一排，我忍不住想问问为什么几个舅舅都会拉，但是很喜欢唱歌的妈妈却不会拉。

妈妈说本来她要学裁缝但是外公说不要学了，否则学会了还得给家里这么多亲戚免费做衣服。那为什么不教妈妈拉二胡呢？可能外公觉得做饭是女孩子的事，拉二胡是男孩子的事。不过好像女的瞎子就可以学拉二胡算当一门手艺。村里有时候会请一边拉二胡一边讲故事的人来。如果讲三国或者水浒这些长故事就要连续讲好几个晚上。外婆这样不识字看电视电影又听不太懂普通话的喜欢去听用东阳话讲的故事。外婆也喜欢去看戏，不过一般只有过年的时候村里才会出钱去请嵊县的戏班子来唱越剧。如果不是过年请戏班子来唱戏，那肯定是村里或者出钱请的人家有天大的喜事，不过记忆里村里似乎还没遇上过这样的大喜事。

到了元宵的时候村里会有个委员会张罗村子里的人迎龙灯。有一年村干部没有张罗龙灯，大家觉得过年的气氛都少了一大半，和外村比我们也少了点可以吹牛皮的料，不高兴的话也直接对着村干部说了。那之后每年村里都要组织迎龙灯。八到十个人抬的三四米高十几米长的龙头由村里组织手艺好的老公公们动手做。迎龙灯时敲锣吹唢呐也是村里人担当。除非往年迎龙灯出过大事故，竹子和木头做的龙头架子每年都是同一个。现在这个龙头架子应该有很多年了，因为记事起它就在大会堂边上有自己的存放房间。架子外裱上的纸每年都是全新的，纸上画的龙图案也年年有所不同。有烧掉的地方就用村子后头竹林里砍来晒干劈出的竹藤重新扎一个。裱好的纸要喷上明矾水才能紧绷绷的。过年那会儿只要从大会堂前面走过，就能看到龙头一天一天从一个架子变成一条鲜艳威武的龙，只不过龙眼睛用红纸遮着，要等到迎龙灯第一个晚上才“开眼”。

只要迎龙灯爸爸总是会去参加的，尽管我们家那节龙灯是普通的、外公做和画的花灯。村子里有几户人家每年都花很大的精力做出各种各样的花灯，让大家每次都叹为观止。有的人家三个儿子加上老爸一共连上四节花灯，就会做个有主题的，让大家一看就是一户人家的。接最后一节龙尾巴的那个人往往是很早就定好的，因为迎龙灯的时候龙尾巴最容易被摆来摆去，没有个身强力壮的人还对付不了。灯里头大都是点蜡烛的，龙灯摆来摆去一不小心就把裱的纸给烧了。不过现在有一种带电池的小灯泡卖可以代替蜡烛放在花灯里。但是灯泡的光看起来不如蜡烛的火光那样一摇一曳地多彩多姿。村里往往会安排人单独扛了节龙尾灯跟着，碰到一个龙尾灯烧掉了就换上另外一个，省得在外村迎龙灯的时候拖着个破烂的龙尾灯招人笑话。很多时候白天大家都在家里补花灯，如果裱的纸烧掉太多就重新裱重新画上图案。

迎龙灯的第一个晚上给龙“开眼”是最兴奋的，因为这一天的龙灯主要在村里转。“开眼”的时候遮着龙眼的红纸揭掉了，唢呐也吹了起来，扛龙头的人束紧腰带，后面扛龙灯的人也一个接一个提醒大家迎龙灯要开始了。龙头边上有很多人专门干一些事，譬如光是给龙头换蜡烛就需要好多人手。还有龙头两边专门有人拿着长长的竹竿，防止高高的龙头碰到电线或树枝什么的。有时候想想伺候一个龙头简直就像伺候一个皇帝一样。

迎龙灯的都是男的。这大概是不成文的规矩，因为没有规定说女的不能抬花灯，就像没有规定说女的不能拿着鱼杆钓鱼一样。不过似乎也没有哪个女的强烈要求去迎龙灯。有时候村委会还另外组织一条小龙灯专门给小孩子玩。小龙灯和大龙灯样式是一样的，就是龙头规模小一点而已。迎小龙灯就没有男女区别，只要愿意都可以接花灯上去。可惜我们村里的大人似乎更喜欢自己迎龙灯，而不是伺候孩子们迎龙灯，所以等到我能扛花灯的时候村里就没有组织过小龙灯了。不过小孩子还是有自己的花灯玩法的。大人会给小孩扎好看的可以提或者拉的灯，有各种各样形式的，而且每个小孩都希望自己的灯好看又和别人的灯不一样。我记得外公给我做了一个很结实很大的有轮子可以拉着的白兔子灯。一到过年外公就重新裱好画好让我和伙伴们成群结队地拉着玩。现在我长大了，拉着个兔子灯都有点不好意思了。

对男孩子来说，能到大人的龙灯那里接上花灯就显示已经长大了。如果不上学的话甚至就可以开始谈恋爱了。那些第一次迎龙灯的哥哥们要是牛皮很大说迎龙灯很容易，这时候往往一不注意就歪了龙灯。里头的蜡烛两下就把花灯上辛辛苦苦裱好画好的纸给烧掉了。这样整个晚上他们的花灯就光溜溜地，让所有看灯的人笑话。

小孩子这一天必须要到龙头下面钻几下才能保证来年学习好。扛龙头的叔叔们这时候最紧张了，因为我们只管自己是不是钻了足够多次保证来年幸福无数，才不管龙头会不会歪到一边，还没开始走步就烧掉几片龙鳞。长长的龙灯争取到村里的每个小弄堂里都转一转，不管贫贱富贵给每户人家都照照龙光。一般只有村委会和比较有钱的人家才会摆“斋饭”给龙灯吃，顺便给每节龙灯派礼物，给龙头包红包。外村的龙灯到我们村里来“吃斋”，基本上就在村子里大的那几条路，大会堂前面的那个大操场，或者比较有钱的那几家人住的地方转悠。

最好玩的是有时候扛龙尾巴的那些叔叔故意恶作剧。本来大家都跟着龙头在操场上转着圈子，突然就倒了个方向，最后拽着龙头倒过来跟着龙尾巴走。扛着又笨又重的龙头的叔叔被弄得很惨，只好装模作样地派人去“贿赂”一下龙尾巴，让龙尾巴妥协跟着龙头转。

我们村过年肯定会出钱请戏班子来唱戏，所以我们不用到别的村子去看戏。大家都喜欢《五女拜寿》。大概农村人平常都讨厌势利的人，所以过年喜欢看势利的人被惩罚，即使是在戏里受惩罚。《梁祝》好听但是不够热闹喜气，所以过年了很少演。包公的故事，尤其是陈世美的故事有时候也演。老爷爷们都喜欢打打闹闹的武戏，而老奶奶们似乎更喜欢唱腔优美哭哭啼啼的戏。年轻的人去看戏也顺便看戏班子里的姑娘，还有其他村也来看戏的年轻人。小孩子就觉得好玩，能找个借口从爸妈那里要几毛零花钱，正儿八经地买些橡皮糖毽子塑料手枪之类的东西。我喜欢买据说是广东运来的红皮甘蔗嚼着吃，因为我们自己种的甘蔗都是绿皮的。

戏班子都是嵊县唱越剧的。嵊县离我们东阳并不远，坐车就四五个小时，但是他们唱戏的方言我们一点都听不懂。和我们的电话号码都是同一个区号的兰溪方言听起来也像听鸟语一样，所以听不懂嵊县话也就不稀奇了。不过奇怪的是听不懂普通话和嵊县话的外婆看起戏来却一点问题都没有。她说那戏都是做出来的，不用听她们说话也知道在演什么。

细想一下确实如此，看戏前只要知道大致情节，一看戏台子上的摆布和小生的动作就知道他们在演什么。每出戏总是很长，要三个多小时，爸妈这个年纪的大都没有耐心看整场，所以坐在前排的都是老爷爷老奶奶。

有几年戏台子搭在大会堂里，不过更多的时候戏台子搭在我家门口的大操场上。这个大操场很长，农忙的时候是晒谷子的地方。操场里有篮球架，时不时会有群人打会儿球。操场边上是大家洗衣服的池塘。有点四方的池塘南北两边铺着一个一个洗衣服的大石头，东西两边种着参天的大树。大家喜欢在西边的树荫下站着或坐着钓鱼，因为谁都可以钓，也算是一种竞争吧，所以能从这个池塘里钓出鱼来算是很能钓鱼的。村子外头的几个池塘近几年都被承包了，里头的鱼多得冒泡，但就是不能随便去那里钓鱼。

有一次油水很多的税务局单位出钱，组织职工到一个堂表舅承包的鱼塘里钓鱼，钓多少就可以拿走多少。堂表舅知道我们全家人都很喜欢吃鱼，就叫我也去钓几个。因为职工很多来来去去无法记录得很清楚，那天所有从那口池塘钓走的鱼都按重量算在税务局头上。这样的好差事如果弟弟在肯定轮不到我，因为他的钓鱼技术已经接近爸爸的水平了，不过那天他刚好不在。我在经常滴水的屋檐下，爸爸老是挖蚯蚓的地方刨了几下挖了一罐子蚯蚓就兴冲冲地去了。站在一个角落里钓，不到一个小时就钓了七八条鱼了。堂表舅说，“倩倩你早点回去吧，省得你妈有事找你”，我说“没关系，我妈知道我在你这里，不会担心我”。

堂表舅又催了我几下，我只好回家了。我和妈妈说表舅老催我回来，怕你找我，要不我还能钓上好多。妈妈说你真傻，表舅是婉转地告诉你钓了这么多回去吧，否则太多了到时候税务局的人就会注意到你了。原来是这个道理！大人就是这样，说话总是拐弯抹角的，有时候真让人糊涂。譬如说过年外婆问我们吃不吃她煮的桂园蜜饯汤。她叫我们想吃多少就吃多少，但是如果我们吃太多了，她觉得我们像那些贪吃的小孩一样没有礼貌只知道吃，要是我们不吃呢，又觉得我们嫌她做得不好，因此我们要吃得刚刚好让她满意是非常难的事情。妈妈说外婆辛辛苦苦动手做给你吃，你就没有什么抱怨的权利了。

大概村里的干部也这么想。村里的收入他们个人只是“拿”走了一部分，剩了一些去订了戏班子免费给你看，你一介村民还有什么抱怨的权利。不过每年总有人抱怨。戏台子要是搭在大会堂里大家觉得光线不好没有热闹劲儿，要是搭在露天的操场上碰到刮风下雨那大家肯定怨声载道。不过抱怨也没什么用，因为村长村书记都是镇里给指定的，大家也就是过过嘴瘾发泄一下情绪罢了。

村委会也不是什么事都不干的。村里的学校要整修教室，村委会就组织大家捐款。捐得多的村民的名字和捐款数目贴在大会堂门口的大红纸上。我和弟弟都不在村里的学校上学，不过爸妈还是捐了一点。

村干部组织了村民募捐，修了一座又高又宽的水泥桥。修桥对村子来说是件大事。二舅舅说他小时候要是水稍微大一点，就宁愿脱光了把衣服顶在头上，狗爬式地游过来，因为桥肯定被淹了。二舅说有一次他们男孩子先带衣服游过来，然后回去接游得不太好的女生一起游，现在想想还真有点后怕，因为水很急。我和弟弟都不会游泳，因为横店集团的钕铁硼磁性厂的红红的污水都往这个溪里流。

捐款的所有名单和数目都刻在桥边修的凉亭里。村里请外公刻石碑，记录这座桥修建来由，因为他的毛笔字不错。外公写了短短一段话，记录了修桥的历史。捐款人名字和数目刻在边上的石碑上。外公先写好字，再按着他写的模样刻好，最后用红的和黑的漆把字描上。大夏天的凉亭里很热，我给外公送水送绿豆汤，或加了醋和糖的夏日甜点择子豆腐吃，顺便给他打杂。看他忙了好几天我嘀咕着说工序的最后一步我也可以拿个毛笔帮他描几个名字，反正就是上个色而已。外公说即使我描得很好也万万不可，因为人家是叫他干这活，不能偷工减料。

难怪爸爸说，大会堂叫“人民大会堂”，是因为有外公这样的人民在。但是这样的人民很少，所以“人民大会堂”也不多，尤其是现在为了创收，很多村的“人民大会堂”都被租出去做厂房用，而不是给人民娱乐开会用了。

第十一章

# 忧伤之后

这是1990年夏天真实发生的事。这段经历影响着我的一生，也是我坚决反对户口制度的原因之一。在很长的一段时间里，当时的场景会突然出现在我的记忆里。以至于到现在，2014年的我还能清晰地记得当时的一切细节。

下午两三点的太阳从窗口斜射到堂叔的宿舍里。这个典型的职工宿舍除了大不少，和我们在横店供销社住的十几平方米的宿舍差不多，就是长方形的一间房子而已。因为大所以中间一堵墙就隔成一个大间和一个小小间。大间里一张大床，两三个柜子。进门的小小间有一张单人床，墙边上是煤气罐、煤气灶和锅碗瓢盆。天很热，周围很静，能听到知了不停地叫着。一个十四岁的农村女孩坐在铺着草席的单人床边上，脸上都是泪，眼睛里的泪还在继续流。她低着头哭着，地上已经湿了一淌。静静地哭得实在喘不过气来了，她就会轻轻抽泣几声。她爸爸站在边上听着那伤心的抽泣。堂叔从大间里走到小间和她爸爸对视了几下，没有说什么又走到大间里去了。太阳斜射在女孩的脚边，印着那湿湿的地，和穿过光线的泪。过了好久，她爸爸说，“不要哭了，我们去把志愿改回去吧。”

那个女孩就是我。那一天的经历我永远都不会忘记，因为好像还有另外一个自己在边上不动声色地观察着自己，督促自己记住这一天。未来无论是上高中还是上中专，永远不会忘记因为户口制度在那一天让我流的泪。只有不忘记忧伤，才能有勇气面对其他的挑战。制度越可恶，越不能在它面前投降。

事情的起源在我当时看来，都是因为我是女孩又是农村户口，否则平常我这么爱笑成绩这么好德智体全面发展的好学生，怎么会哭得那么惨。

事情还得追溯到 1989 初二那一年。自从得知大舅舅大舅妈建议爸妈让我初中毕业后上中专之后，我烦恼了一阵子，渐渐地也不去多想了，因为多想也没用。初中每个年级有四个班。考初中的时候我的成绩据说是全镇第一，不过大家都说初中里女孩子成绩都会掉下来。再说初中里的学生是全镇筛选过的，考不上镇初中的都已经被筛到另外一个初中了。不过初一一年下来我比较轻松地考了个第一，终于用行动安慰了爸爸妈妈。我知道他们就是不怕一万，只怕万一，因为我要是成绩不好，他们看不到我除了回家种地还有什么其他出路。那时候还不兴什么嫁富豪做二奶为出路，比较讲究门当户对，而和我们家可以户对的大都是种地的。

可是种地绝对不是我的强项！每年春播夏秋的农忙活我和弟弟都没少干，完全体会到干农活的艰辛。我们种的都是水稻而我皮肤很薄很敏感，磕破了皮非常容易感染肿起来，所以基本上只能干割稻子打晒谷子的活，干不了拔秧插秧的活。除了打稻子用点现代化工具，其他的活都是蹲着手工干。有时候为了避开热太阳，早上三四点我们四口和二舅舅家四口人就去地里割稻子。

我们从来没有抱怨过，因为爸爸妈妈舅舅舅妈都以身作则。那种腰酸背痛的累不用干多久活就能让我知道自己不是干农活的料。有一年我第一天干活，脚上弄坏了点皮整个腿就肿起来了，只能在家帮外公一起看着杂货店或者帮外婆做饭。大部分时候得把脚翘得老高，还得用爸爸用醋泡制的一种七叶枝花中药水刷腿，结果整个农忙季节一点忙都帮不上。二舅舅知道我不是故意的，但还是每次都调侃我是故意找借口不干活。更不用说平常蚊子又特别喜欢叮我，夏天的时候腿上总是一块块的大红斑。妈妈叹气说，蚊子叮在其他农民身上就是一个小斑点而已，而叮了我白白的腿上就是那种肿得一大块一大块的反应，看来生来就不是当农民干农活的料。

我种地种不太来，不过种花种菜手艺还不错，但是每户人家只有一小块可以种花种菜的自留地，没法靠它养活自己。倒是也许以后可以学裁缝，给每年请来替我们做两次衣服的婶婶作学徒。打毛衣编麦秆扇子都还是初级水平，和妈妈或者外婆的手艺差远了，而且光靠这也没法养活自己。实在不行也许可以和妈妈以前一样到供销社做临时工。但是就因为是农村户口，即使你干得再好，算账一块钱都不差，还是一辈子转不了正的临时工，而那些分配来正式编制的员工经常算错账也没事。如果真的跳不出农门，也许我也开个杂货店，或者和邻居婶婶一样做豆腐，每天早上推个车子去卖。开玩笑归开玩笑，我知道还是要靠读书才能跳农门的，因为和这些手艺比比，读书对我来说倒是最轻松的活。

音乐老师选我进了学校的乐队。尽管我没什么乐感，但是有一定的节奏感。体育老师选我做领操，因为我做得很标准。如果学校里有体操或者跳舞我肯定也会积极去参加，但是只有市里才有少年宫正式教这些课外活动。音乐老师为了这个乐队经常得面对那些怕影响孩子学习，强制学生退出乐队的家长。她好不容易辛辛苦苦教会了个学生打小军鼓，实在不想又重新教一个。她说最后乐队总是两极分化，要不就是成绩很好要不就是成绩很差的，这样她可以少花精力接待父母，多花精力教学生。

镇上的领导要是开什么重要会或活动需要乐队的时候我们就会被拉去表演。音乐老师觉得很露脸，我们乐队的人也都乐此不疲。成绩差的好的都觉得如果可以少上几节正式课，那是做学生的最大快乐，更不要提其他同学羡慕的眼光，和回答语文老师“为什么没来上课”的时候那种理直气壮的感觉了。而且乐队每次去参加活动都会穿一身漂亮制服，回来还给点文具之类的小礼物，按爸爸的说法就是非常增加虚荣心。

初二结束的时候我们考了全市统一的自然地理和历史三门副课。到初三就只上语文数学化学物理英文政治这些主课了。老师说另外一个镇的有个学生考得比我高，但是我的成绩应该在全市前几名，不过他不知道这些课的成绩是不是直接加到初三中考成绩里，还是作为升高中的参考而已。政策总是变来变去，不过无论怎么样，高分成绩总是好的。

初二的时候学校造了新楼。我们和初一的学生都搬去了，留老楼给初三的学生。初三的时候我们又搬回了初一时候的那栋老楼，把叽叽喳喳的初一初二学生安排在新楼里，省得他们影响我们自习。每天住校的同学在吃早饭前要早读。政治老师会在黑板上写个早读的题目。不住校的同学也在父母的督促下早早到了学校。

从小学二年级开始，爸爸就让我一个人独立了，所以早上即使有闹钟，我和弟弟两个人也经常只能做到第一节课刚刚不迟到。有两三次第一节课迟到了我就宁愿在学校外头的菜地边晃荡到下课再偷偷溜进去。老师总是知道的，不过很少把我叫去训话。倒是有个教低年级语文的老头老师经常很早就在菜地里收拾他的菜，每次他看到我都有点欲言又止。我知道按学校规定他看到学生上课时间在学校周围晃荡该报告学校，还好他似乎从来没有把我给报到校长那里去。

同学小艾和我说班上一个女同学每次早读一结束，就赶紧把政治老师写的早读题目从黑板上擦掉了，因为她妒忌我成绩好。我自从小学三年级被女同学欺负得眼泪滴滴嗒嗒之后，已经对这种事练到可以刀枪不入心了。我说我不介意，再说谁叫我自己上学来得晚。如果小艾想帮我，就每天早上帮我抄个题目好了。可小艾有点喜欢在同学里制造矛盾，小学三年级的时候欺负我也有她的份。我这么一说，她又推说她自己早上有时候也来得晚，没法帮我抄题目。我越来越觉得需要走自己的路，学自己想学的，不去管别人说什么做什么，不去理说别人坏话的人，做真实而强大的自己。

有一天下午自习课，老师都回去了，我自然又得监督大家不要说话不许随便走出教室。记得小学四年级的时候同样一个自习课，大家听到外头麦秆烧起来的声音。那时候我们小学的操场也是周围人家夏天晒粮食和麦秆的地方。我叫所有同学不许动，自己一个人跑出去看个究竟。看到其实没有什么危险就一个人又多看了一阵子，因为从来没看到过这么多麦秆烧起来的壮观景象。后来老师批评了我擅自在外头逗留太久，但是表扬了我不让同学到外头看的命令。其实我一直很后悔没有让同学们出去看看那难得的大火烧大片麦秆的场面。

这一次刚开始是周围班级的同学吵闹的声音。我叫大家坐着不许乱动，自己先出去看了个究竟。原来有日食！这个我们从来没有看到过。我知道如果不让大家出去看，我们就都错过了，当然我也可以自己一个人看，命令所有同学在教室里呆坐着。如果让所有人出去看不知道老师到时候会不会把我训一顿。但这个观看日食的机会很难得，如果错过了实在有些遗憾。因此我想了想就回到教室里说大家都出去看日食。后来老师没怪罪我。

尽管老师的政策是不许在学校看闲书，我还是不征求父母就买了《名人书信集》和《罗马希腊神话集》，公开带到学校里看。有几个外班的和我一点都不熟悉的同学还跑来向我借书来着。好朋友说这些外班的学生特别想知道我平常都怎么学习能学得这么好的。

中考前老师给了每个人一张表，要我们回去和父母商量填好中考志愿。我没有和爸妈商量就填了“高中”交上去了。后来爸爸问我说别的阿姨的孩子有一张志愿表拿回来要填为什么我没有。我说我已经填好交上去了，爸爸也没说什么。有个周末回去开抽屉我又看到了舅舅的信。爸爸说反正大伯伯就在教育局招生办里工作，到时候需要改志愿总能走一下后门。我以为这事就这么定了。我的初二成绩考得好，所以爸妈决定让我上高中而不上中专了。

初三中考结束后成绩出来我得了全市第一，不过这没什么好庆祝，因为这一年我们邻居大姐姐高考考到清华去了。爸爸说这下子好了，无论哪个中专我都可以选择去，因为分数这么高没有更大的后门可以把我挤掉。伯伯舅舅来了爸爸妈妈就会问他们的意见，到底这个情况下该上高中还是中专。我心里有点烦，不过家里的杂货店和村子里每天从早到晚都有好多分心的事，夫妻吵架，兄弟争吵，小孩打架，计划生育，结婚谈恋爱还有每天都不断的“小打打”的扑克牌赌博够我们天天娱乐的。再说我已经填了高中的志愿了。除非去走后门改掉，时间拖得越长，上高中这生米就越会煮成熟饭。

日子一天天过去。大伯伯有时候来，告诉我们今年有哪些中专学校来招生。大家简单地商量了一下，有四个比较好的选择。一个是去学幼师或者师范，出来了可以当幼儿园或者小学老师，这是女孩子的好去处。我倒是不介意，因为平常弟弟和两个表妹都是我管辖的对象，在学校三年级开始就是班长，教管学生也算是强项了。再加上家里两个舅舅和外公都做过小学老师，也算是继承家族事业。外公从来没有坚持过我该读高中还是中专，因为他觉得这最后该由爸妈决定。不过提到当小学老师他好像没有特别赞同，因为他觉得当小学老师太累，还说小学生都是不懂事的小孩，初中和高中生才慢慢有了点思想。

爸爸自己在中药店干，觉得当医生或者护士最轻松。卫校学习两年就可以当护士，不过如果要当医生的话要到医学院学四年，又要爸爸妈妈多出两年的学费。爸爸觉得学医以后自己开诊所挣钱更轻松。我也有点心动了，尽管我真不喜欢那浓浓的消毒水的味道。

有一天大伯伯又来了，说天津铁路学院也在招生，两年中专毕业就可以分到铁路系统里当乘务员。铁路系统的油水肥，以后全国各地到处坐火车可以免费。而且我们家有个人在里头干，买火车票就再也不用走后门求人了。爸爸还了解到在铁路系统里干，可以倒卖火车票挣钱，比工资多得多。大家都觉得这比护士和老师的职业好，又是事业单位有铁饭碗。

慢慢地我开始意识到爸妈其实还是倾向我上中专而不是高中的。终于有一天，爸爸告诉我说第二天他要陪我一起去东阳的招生办把志愿改掉。

第二天是典型的江南夏日。早上很早起来倒是很凉爽的。因为是去城里，妈妈特意做了好吃的早饭，要穿的衣服也是最近新做才穿过一两次的。我和爸爸骑着各自的自行车先到镇里。把车停在供销社里，还顺便到中药店里转了一圈，因为爸爸要和其他的叔叔阿姨打一声招呼。

供销社的叔叔阿姨们都知道我平常成绩很好，不过这次我考得这么好又着实给爸爸挣了不少面子，连主任副主任都开玩笑说要让爸妈讲讲生孩子有什么特殊配方。现在大家都知道我要去改志愿了，而且很有可能会去铁路学院。一直喜欢我的阿姨和爸爸说一定要看看有没有广播或者电视学院的来招生，如果有的话就填那个学校，说这样以后我每天出来播新闻的话大家天天都可以看到我了。另外一个叔叔说填供销系统的院校也不错，以后还可以分回来横店供销社上班呢。爸爸嗯嗯两声，意思是我们家有一个在供销社就够了，因为他身在里头知道怎么回事。不过爸爸绝对给阿姨说动了，在路上说如果真有广播电视学院招生就填那个，因为如果每天能在电视里看到我绝对值得，再说广播电视台都是在大的市里，不用担心分配到镇里来。我也喜欢，因为平常我最大的爱好就是看报纸，外公也说我适合做记者。我一直都想知道上什么学校才可以做记者。

到了招生办爸爸先找了认识的堂叔，然后让他带路去，因为具体在哪栋楼爸爸也不知道。到了招生办都是些陌生人。好几个人还专门过来和我打招呼，因为他们听说我得的是全市最高分就想过来看看我到底长什么样。他们和爸爸寒暄了几句，恭维爸爸生出这么个好女儿。有几个人还说这么高分去读中专是不是太可惜了。有一段时间我一个人坐在那儿看着周围忙忙碌碌的这些陌生人，嘴里应酬着他们，心里有点失落，觉得他们说的都是白说，此时此刻谁也帮不了我的忙。

爸爸据说被东阳中学管招生的党支部书记叫去谈话了，因为他想说服爸爸让我去上高中而不是去上中专。过了好久爸爸回来了，还是决定让我上中专。最后档案调了出来。爸爸说没有广电学院和医学院来招生，所以还是老师，护士或者铁路学院这三个选择。什么都改好了我们就回到堂叔家里去。一路上爸爸和堂叔继续讨论我未来干什么职业好。

到了堂叔家我喝了点凉开水，天很热，但是心里却很冷。也许看到了杯子里的水，我的眼泪开始不停地流下来。爸爸看到我哭了，“有什么好哭呢，能这么容易改过来不是好事吗，都不用像别人那样送礼才能改。”我不理他，继续哭，不过不是大把眼泪大声嚎哭的那种，而是眼泪止也止不住，非常委屈和伤心地哭。那种伤心是掉了魂似的伤心，因为到今天我都能感觉到那一个下午，自己的灵魂默默地站在自己身边，看着这个穿得干净但是有点土的十四岁农村女孩在那里掉非常伤心的眼泪。

爸爸和堂叔沉默了很久。爸爸终于说，“不要哭了，我们去把志愿改回去吧。”

过了一会我终于不哭了，爸爸给我毛巾擦了脸。我们沿着原路走回去。我并没有感到任何一丝的欣喜，更多的是对爸妈的内疚和未来的责任。上高中意味着给爸妈更多的负担和更多的不确定。对我来说以后没有一样比考上大学挣钱回报父母更重要的事情了。

在招生办的那些工作人员很惊讶我们又回来了。我用微笑回报了他们的问候，因为我不想他们知道我哭了。所有的表都重新改过来之后，东阳中学管招生的党支部书记走过来和我说话。他把我叫到楼道一边，在周围都没有人的楼道里说，“我们很高兴你选择来读高中。我知道我没法保证，但是像你这样全市第一名的到高中里来，还从来没有考不上大学的例子的。”我有点感激他和我这么说，但是脑子和心里还是冷冷的，觉得你这样和我说有什么用。你什么都没法保证，也没有任何在什么方面帮助我的意思，我现在见得多了，真正需要你帮忙的时候你也不会记得我是谁。当时那么想是有点愤世嫉俗，不过后来我去了高中，第一天在校园里碰到党支部书记，很热情地叫了声老师，他确实根本就不记得我是谁了。

就这样，1990 年我上了高中，也因此断了我在铁道部当乘务员倒卖火车票挣钱的梦想。

后记

# 学了经济学之后

如果早知道二十一世纪初经济学家的声望会这么差，也许当初就不会那么千辛万苦地去换专业学经济了。不过花了这么多年系统地学了点东西，即使因为没有耐心做研究，最终没有选择做教授，至少还是锻炼出了个能做点简单思考的经济学生头脑（thinking like an economist）。

有了这个经济头脑之后，再回头去看自己十二三岁时候的那些回忆，看到的就不仅仅是眼泪汗水幽默和笑脸了。现在意识到，因为自己没上中专，所以后来上高中北大再来美国，那种怕对不起父母怕失败的压力确实有点大。作为从农村出来在城市里打拼的人，也难免有时候感到农村的亲人除了爱，确实没法帮你什么。这种无形的自己给自己的压力在刚来美国的那两年尤其明显，常常感到人生无常，自己无力控制自己的生活。其实当时有很多人关心我，但心里还是有一个人孤身作战的累，有一段时间甚至失去了很多从小就有的自信和坚强。

这些回忆不再仅仅是自己小桥流水人家的小小故事了。现在自己看到更多的是这些故事背后社会的大经济环境，让自己去思考国家和社区的职能，以及国家和个人，社区和个人之间的关系。现在中国的媒体和朋友间分享的文章里，充斥着要个人努力去改变去提高自己的文章，可是鲜有文章鼓励大家意识到个人无论多努力，没有大环境造势，最后个人的努力其实没有制度的影响大。许多中国的企业家，让人感觉他们越成功，越标榜自己的努力是成功的源泉。事实是个人越成功，运气和社会大环境越是这些人成功的源泉，他们个人的努力占的比例并不大。过多地注重个人而忽视社会制度的影响，使得当前中国精英缺少对不合理社会制度改革的急切性和使命感，而是更多地注重个人的修身养性。

这也让我想起最近美国对贫穷（poverty）这个话题的讨论。共和党人一般认为穷人穷是因为穷人自己不为自己的生活负责，不好好学习，吸毒犯罪，单亲家庭多。而大部分民主党人认为穷人穷是因为社会不能提供穷人足够好的教育和医疗服务，最低工资太低以及工作机会缺少导致穷人无法以工作养活一家人。这两方面原因当然是同时存在的。目前有限的数据表明，偏重一方而忽视另一方都不是有效的社会政策。以前的时候看到亲戚为生儿子把五个多月的胎儿打掉，心里只会很责备这些没有文化的重男轻女的亲戚，而现在的我则意识到一个该受责备的制度和那思想落后的亲戚一样甚至更加可恶。

爸爸妈妈经常提到结婚时很穷，还没结婚爸爸家又发生了火灾，据说爷爷藏在谷堆里的一点钱也一并烧没了。爸妈提到这些往事的时候总是笑嘻嘻地调侃，因为如果他们没结婚就没有了弟弟和我。尽管到了上世纪八十年代末我们仍然还是穷人，但和爸妈结婚那会儿比生活已经算是更上几层楼了。

等到学了点经济学以后，我意识到，这点普普通通的回忆，其实在很多方面体现了当时中国农村的经济环境。当时的房子大都是木头土房子，而不是后来的砖头水泥房，特别容易有火灾。房子里更不会有现在房子里都有的警报器或者自动喷水的灭火器。而且我小的时候农村根本没有消防队来帮助灭火，烧起火来就只能靠村里人自己努力帮助灭火和抢出些家用。中国的数据不太好找但是应该和美国的数据反映的状况很相似。一百年前的美国，一万人口里有一个人会死于火灾，而现在十万人里最多只有一个人死于火灾。

爷爷的钱藏在谷堆里而不是存在银行里，因为即使是上世纪七十年代，农村的老年人也不习惯把钱存银行或者农村信用合作社。而且这些金融机构往往都开在离村里比较远的镇上，取钱存钱并不方便。这些金融机构也算是新的社会机构，而老年人对这些新的东西一般都比较不信任。更何况中国一直以来，金融政策实行的是“金融压抑”（financial repression）的政策，国家定的利率比真正的信用需求和供给决定的市场利率往往要低。这个政策实际上是从存钱的老百姓手里“搜刮点民脂”，让他们一并给国家和得到银行贷款的企业投资，或者为银行投资不顺的呆账坏账买单。

当然读了点经济学以后也意识到，不是说中国不好或者改成美国式的制度就好，尤其是金融行业。金融改革不是说放开利率，或者允许私人资本进入银行业和国有银行竞争就对老百姓有好处。譬如现有的美国市场化开放的金融体系下，老百姓照样被“搜刮点民脂”，为银行业“太大倒不了”（too big to fail）的系统风险买单。

美国三十年代（1930s）经济大萧条之后，以欧文·费雪（Irving Fisher）为打头的经济学家痛定思痛，提出以“百分之百存储金”（100% Reserve Banking）单功能银行为中心思想的“芝加哥计划（Chicago Plan）”。这个政策建议的目的是把银行的功能简单化，同时彻底断绝政府对银行提供隐性“最后买单者”的补助。但是一介书生还是无法和大银行家摩根比影响力。最后罗斯福总统通过妥协，银行可以继续享受国家的隐性补助，但是商业银行和投资银行必须分开经营。接收存款的商业银行在业务上受到诸多管制以减少金融里的行业风险（Systematic Risk）。美国由此有了六十年相对平稳的金融市场，而不是像大萧条之前那样金融或银行危机十几年就来一次。

但是到了九十年代（1990s），银行家们不甘于管制制度下的金融体制，出政治献金让克林顿总统和国会的政治家们一同努力，为他们废除了格拉斯 - 斯蒂格尔法案（Glass-Steagall Act），允许商业银行和投资银行业务一起经营。再加上其他许多减少金融管制的立法，直接导致了 2008 年金融风暴的来临。2008 年之后即便有段时间银行家成了过街老鼠，银行家对政治家的影响力仍然很大。到了 2013 年，可以说金融管制上只是稍稍加强了一点点。现有的金融管制制度，可以说根本无法保证给美国金融系统再来六十年的平安。更可怕的是，中国却在金融改革上大踏步地开始学习美国现有的金融制度，而忽视了美国三十年代金融危机后得出的有用可学的政策教训。

平常和人聊天，比较烦的人有两种。一种是一提到中国的制度不好，马上就说美国的制度如何如何好，而且一提到他们崇尚的美国的制度，又往往是连美国自己都不是的完全自由经济，因为完全自由经济的很多政策已经在事实上证明，不是让美国国民利益最大化的政策。在农村长大的时候，大家尽管讨厌城里人老是看不起农民，但是对城里的专家还是非常敬仰的。报纸里要是提到某个专家学者提出什么主张大家都觉得那是金玉良言。现在我自己学了点东西才发现其实很多经济学专家的很多观点都是非常值得怀疑和挑战的。

如果说没有来美国学过经济学，看到茅于轼先生得了美国智库卡托研究所（Cato Institute）的弗里德曼自由奖自然很高兴和敬仰。但是在美国待久了，我也知道了卡托研究所现在是个极右的研究所，尤其最近被非常反对奥巴马、非常追求为富人谋利益、非常努力地通过法律减少政府环境管制的大富豪 Koch 兄弟所控制。这时候看到国内的新闻媒体对茅先生的报道，尤其是他的一些在我看来对中国经济并无好处的自由经济金融政策的倡导，就觉得小时候受到那种尊重长辈专家的教育太深这点并不好。我庆幸自己现在慢慢地开始敢怀疑专家的论断。

还有一种比较烦的人是一提中国的制度不好，马上就说美国的制度也如何如何不好，最后好像天下乌鸦一般黑，什么都不改才是王道。其实要是真正知道了金融业为什么能够影响实体经济，找出一条改革的路一点都不难。金融业的主要职能不外乎就是把大家的存款收集起来再贷款出去。经济学家譬如欧文费雪（Irving Fisher）等在美国大萧条之后提出的“100%的钱”的概念，现在不少经济学家提出要求金融机构有更多的股权出资（equity financed）而不是短期债务融资（debt financed），或者硬指标限制金融机构的财务杠杆（financial leverage），都是经济学里已经有了些共识的好政策。可悲的是这些政策从政治上看，它们在美国和中国都行不通得不到推广，因为中国和美国的金融利益集团都知道这些政策会断了它们的财路！

在学经济的过程中学到的很多东西，发现其实很多道理以前都知道，只不过现在更系统地学了。这也让自己深刻体验到了所谓的普天之下没有什么新思想，只不过我们都是些还没学到思想的新宝宝而已。爸妈经常提到在分田到户之前，大家都比较懒，因为都是大锅饭，但承包到户了之后大家一下子就勤劳了很多。这就是微观经济学里经常提到的激励制度（incentive matters）。不过妈妈说大家把承包到户的好处夸大了，没有袁隆平研究出来的杂交稻，承包到户也得饿肚子。这就是经济学里长期增长需要技术条件的一个例子（technology improvement）。

村子里谁都可以钓鱼的那几个池塘基本上鱼都被钓光了，而承包掉的几口池塘每年产很多鱼，还兼着长很多可以卖的藕。这就是所谓的公共资源的悲剧（The Tragedy of the Commons）。当然有些资源譬如边上几家共用的井，因为大部分女的都不上班，哪个小孩要是往井里乱扔东西肯定要被发现，然后被家长大打一顿。公用水井的水，尽管制度上“产权不清晰”却永远清澈。所以生活中解决公共资源悲剧的问题，产权清晰的所有制并不是如现在很多中国的自由经济学家倡导那样是唯一可行的监督机制。

爸爸和妈妈结婚的时候，为节省两毛钱没有做结婚登记。多少年下来什么问题都没有，更没有影响到我们上学。等到前几年妈妈要办护照来美国看我，才发现一定要有结婚证才行！那时候我和弟弟才意识到原来爸妈从来没有在法律上结过婚，因为他们自己根本就忘了没在法律上结过婚的事儿。我相信这样没有结婚证的夫妻在我们村里还有不少。

为了办新的结婚证爸妈和其他人一样得自己花200多块钱做婚前检查，让爸爸着实恼火他自己当初没有拿两毛钱办那个结婚证。这在我们家里就是个每年大家都要提提的大笑话。从经济分析的角度看，可以看出那时农村的多少人是生活在“国家”这个法律的体制之外的。他们除了给“国家”交农业税和要被计划生育以外，几乎没有什么交集。中国农村公民和“国家”之间几乎没有什么关系的现象在中国的城市里就有所改变，因为城市里的中国公民能享受“国家”提供的很多公民福利。

如果看美国联邦政府的支出百分比，美国政府可以被看作是一个“有枪杆子的保险公司”。不仅仅是美国，其实大部分发达国家的主要支出都是给公民提供各种各样的保险：社会安全保险，医疗保险，穷人救济，失业保险等等。可是中国的“国家”对农村人来说，职能上基本上只看到了“枪杆子”，而没有看到“保险公司”。即使像我爸妈那样没有结婚证照样生儿育女，因为无论结不结婚这些孩子都没有国家提供的医疗或者其他社会保险。那时候物质贫乏，国家对农村拿得多补助得少。虽然农村人也是中国人，但是他们从不享受所谓基本的“公民待遇”。对“国家”制度外的农村人来说，现在一直等着的就是“国家”制度里的基本平等待遇。

当然，我们该承认政府开始意识到农村人力资源对经济发展的重要性，以及给农民一点平等的公民待遇的急迫性。近年的免收农业税和一定的农民医疗保险制度是具体的对农民和国家都有益的政策。但是魔鬼在细节里（the devil is in the details），任何政策是不是好政策最后都也得看细节。现有的农村医疗保险制度有保金总额上限，这和经济学里通常定义的保险恰恰相反，因为保险在病越重的时候越需要，一个基本意义的保险不仅仅不该有保金总额上限，而且最好有个个人出钱总数上限。

具体例子说，有些农保最高保额十万，那么得了癌症，对动不动就至少需要三十万甚至更多的农民来说，现有的农保最后还是没有尽到保险的作用。而在发达国家真正意义的医疗保险和农保的设计是刚好相反，一般都有个最大个人出资费。一旦一年内个人出资费用达到那个限度，个人就不用再承担或者承担很少一部分多余的医疗费用。从某种意义上说这才是真正的保险。

可是中国有些经济学家和所谓的公知，明明知道美国近年只有 85% 的人有保险这个数据指的是有 85% 的美国人，基本上都有接近于或高于一定的个人出资费就全保的保险，却写文章说中国农保改革后有 95% 的人有一定程度的保险。

言下之意好像中国现有的医疗保险制度比美国还要好。有时候这些学者还歌功颂德地说，中国马上就要有 100% 的医疗保险覆盖率而美国的全民保险还有点来日方长。其实这些研究人员大都知道中美这两个数据根本就是苹果和鸡蛋不可比的。更不要说发达国家一般都有类似美国 MEDICAID 的低收入保险，只要你收入低，什么保费都不用交就可以享受免费的医疗保险。

当然现在同等的保险制度下，农民确实可以付更少的保费却得到同等的利益。这对很多城市里的人看来就觉得有点不公平。大家觉得如果要买一辆车，无论城市还是农村人付的价格都一样，为什么买一个同样的保险，农民怎么就可以少付钱。但是即使没有学过经济学的人也知道，一个社会里其实充斥着同一物品而对每个人却是不同价格的现象，尤其是在公共服务上。譬如一个由纳税人的钱“买”来的航空母舰，富人付的价格就比穷人要多，因为富人税率高而且收入高，交的税也自然更多。相对低收入的农村人保费算是便宜的，但这是不是公平还得最后大家投票决定，因为任何利益的再分配都存在一个公平问题。农村人也可以说农保费的“便宜”只不过稍稍补偿了农民在其他民生利益上的“不便宜”。

另外一个同一“物品”却对每个人是不同价格的例子就是现在计划生育政策下的社会抚养费。暂且不讨论这个社会抚养费甚至整个计划生育制度是否需要重新考虑的问题，或者如果某个超生的孩子长大了对社会贡献大是否可以拿回一些抚养费。当然如果大家把社会抚养费看作是一种社保一样的保险金的话，即使某个孩子对社会贡献大也没理由可以拿些保险费回去，因为保险的意义就是在人家都不知道未来会怎么样的时候交一定的钱来规避风险。这和一个整年都没火灾的人不能到年底来把房屋保险金拿回去是同一个道理。大家都知道这个社会抚养费是和每个人的家庭收入相关联的，所以就有张艺谋七百多万的罚款纪录。大家也许觉得比较穷的农民医保比相对富有的城里人医保保费便宜就是不公平，可是对同样的超生富人该多交罚款就觉得很公平。这就说明利益再分配上的公平问题，只能由大部分人在一定的民主机制反映大部分人的意见下解决，而不是按少数人的意志自己随意来制定制度，因为公平的定义在人与人之间差别非常大。

当然政府制度化下的政策，譬如医保和全民义务教育政策等，对一个孩子成长的影响来说也只是一方面而已。改革开放前大家都很穷的时候，有许多非正式制度下的东西却是现在社会缺少的。譬如那时候邻里之间总会有人看到别人家的孩子要是在外头玩得太晚也会管教。那时候外公外婆爷爷奶奶都在身边，和爸妈一起带我们。那时候犯罪率除了小偷小摸基本上是零，会走路了就可以和周围的伙伴一起到处去玩而不用大人专门陪着。那时候不用担心小孩每天的运动不够，因为基本上每个小孩都是要妈妈来操场里叫三遍才回家吃晚饭。

记得第一次回国的时候，村里一个老公公问我，美国真的和我们是白天黑夜颠倒的吗？我很肯定地和他说了并解释了原因，同时庆幸自己以前的地理知识还有点用途。他还问我其他美国和中国比较的问题。走的时候他非常满意，对我和他说美国的老师挣的钱比医生挣的 1/3 还少非常感兴趣。他说别人老说他问各种问题傻或者多管闲事，而我很耐心地和他解释。那一刻我意识到其实对他来说，美国和他没有什么关系，只不过每个人，即使像他这样没有什么文化的老人，也有学习新知识参与社会问题讨论的欲望和乐趣。

很多时候，许多问题其实真正要回答起来并不简单，尤其是社会问题。物理学可以比较好地研究一块石头打到玻璃墙的作用和反作用，但是一块石头打向一个人的时候你不知道这个人会站着还是躲开，甚至过来揍你一顿。带孩子到图书馆听老师教唱歌，说“五只猴子在树上，一只掉下来被鳄鱼吃了，还剩四只”。丈夫笑着调侃女儿说，“佳荑，那四只是傻猴子，聪明的猴子早就全跑了。”研究人的社会科学，譬如经济学，很多时候给不出一个明确的答案。

再譬如福利制度，有美国式针对性很强但是对穷人要求很高的方式，也有北欧相对针对性不强但是容易给人“养懒穷人”印象的方式。上课的时候老师说，一个专门给穷人的福利制度是个差强人意的制度，因为穷人最不会使用自己的选票捍卫对自己好的制度。（A wealfare program for the pooris a poorprogram.）由此大家认为人人都可以受益的社会安全金制度（social security）比穷人才能申请的食品补贴（food stamp）更有民主基础，也更不会在国家财政有困难的时候被减少福利。但是真正要实施一项好的公平有效的经济政策真的是说着容易做着难的事。

许多研究表明，现在取消计划生育，即使低收入家庭也不太愿意生三个以上的孩子。在美国的中国人没有生育限制，平均生育率也就是比两个孩子多一点点而已。台湾和香港也没有生育限制，生育率比美国的华人还低很多。远的不说，如果双方是独生子女的家庭本来法律规定就可以生两个孩子，但是真正生两个孩子的家庭其实并不多。更何况中国现在的经济发展，已经到了需要有更多的年轻人的时候。在现在的制度下，中国的老龄化速度比美国还快。我们国家很有可能还不富就开始快速变老。国家的活力创造力也许会少很多，因为没有后顾之忧的年轻人总的来说比老年人更敢去冒险去创新。现在在我的朋友和亲戚里，有钱的，要不到国外生，要不交罚款，已经不完全受计划生育制度的限制。当一个社会制度很清晰地只用于约束穷人，或者遵纪守法的普通人的时候，这个制度应该让你三思。因为这该让你意识到，“不许在桥洞里睡觉”的法律，只是用来约束那无家可归需要在桥洞里睡觉的流浪汉。

和受了教育的朋友们或者村子里初中毕业的亲戚讨论的时候，大部分人都开始支持废除计划生育制度，就等着中央顺民意而行了。但是一提到废除户口制度，农村的人是没有一个不赞成的，而城市里无论受过精英教育的还是没有多少教育的市民，都没有几个是完全赞成的。就像一个朋友说的，户口制度是中国现在所有教育医疗工作养老这些和民生有关的制度的根本。如果户口制度改了，整个社会制度的方方面面都需要改变。但是正因为户口制度是中国所有民生制度的根本，所以为了提高人民的生活质量，必须从根本的地方改起，而不该是不改革的理由。美国的奴隶制度，还有种族隔离制度，在制度存在的时候，也是关系到黑人当时教育医疗工作养老这所有民生有关的制度的根本。但总不能说因为种族隔离制度是美国六十年代的根本制度，改了对社会影响太大，所以不能改吧？！

许多东西，如果当时不来美国留学，最后可能也学到了。但是我经常想，如果过去十五年我没有来过美国，我不会如此深刻地了解和理解美国民权运动（Civil Rights Movement）对美国的影响。而且我深刻地意识到，这种影响不仅仅是对美国黑人的，而是对美国整个社会的正面的深远影响。欧洲人可以嘲笑美国人太晚废除奴隶制度，但是在欧洲短短的几次生活，让我意识到在种族歧视和男女平等这些民权改革上，除了北欧几个小国家，大部分欧洲国家还远远达不到美国的平等程度。

在了解美国民权运动的时候，我意识到了当时为黑人争取民权的活动家很多是白人。这回头看其实是很明显的。不过因为我们平常一想到民权运动，就想到马丁·路德·金或W. E. B杜博斯（W. E. B. Du Bois）这样的黑人领袖。而且当时的黑人领袖确实是冲在运动的前锋线上。但是黑人的人口在美国从来没有超过20%，如果没有白人的支持，六十年代的《民权法 CIVIL RIGHTS ACT》不可能通过。就像2008

年的奥巴马，即使美国每个黑人都投他的票，要是没有足够的大量的白人支持，也不可能竞选成功一样。

那么那些六十年代支持黑人民权运动的白人有什么直接利益呢？短期的直接经济利益应该说很少，而且废除种族隔离制度对美国当时的整个社会都会带来经济发展的不确定性。这种不确定性对白人的经济利益应该是负面的，但是还是有足够的白人站了出来反对种族隔离制度。

这让我对比想起了中国的户口制度。我们当然可以选择等，因为等它三百年，户口制度也许慢慢会消失，就像种族隔离制度一样，因为在人类历史上，制度消失是常态，不消失才是怪胎。但是当时很多黑人站出来说，我们不想等了，因为这关系到我们民生的各个方面。很多白人站出来说，我们不想等了，因为我们不想生活在一个由皮肤颜色决定你该用哪个公共厕所的国家。现在中国的经济政治力量还是集中在城市里的。农村人需要城里人站出来说，我们不想等了，因为我们不想生活在留守儿童几千万的社会。尽管对许多城里人来说，制度改革的短期经济利益是零，甚至是负的，但是只有城市里的人也站出来为农村人摇旗呐喊，户口制度的改变才会像种取消族隔离制度那样有可能。

事实是，户口制度改变短期内对城市户口居民来说，看起来好像没有好处只有坏处，但是其实从美国取消种族制度的深远影响来看，过了几十年后，对整个社会每个族群的经济和社会影响都是正面的。从经济增长角度分析，城乡户口两元制和美国以前的种族隔离制度是一样的，导致了一个国家不能有效地实行人力资源分配。从一个国家的层面来看，人才资源的最大开发就和自然资源的最大开发一样，对经济发展都是正面的。取消种族隔离制度以及后来民权法后日渐平等的种族关系，对整个美国的经济发展起了长期正面作用。白人因为这正面的影响从长期看来也是受益的，尽管短期而言黑人要相对受益更多一点。

现在有一个论点，就是说经济发展到一定的程度，计划生育或者户口政策这些对经济发展不利的制度自然而然会消失。这也许有一定的道理，但是从存在到消失，必然需要有人去为此呐喊而改变。当我们在社会里，因为运气和个人努力，在财富和能力上比别人稍稍多一点的时候，我们是幸运的。但是正因为我们是幸运的，所以我们也有责任为现在财富和能力少一点的人做一点事。从自私的角度来说，今天你幸运，但是富不过三代，你的子孙很有可能因为社会制度的不公平而需要帮助。那时候，你希望社会里幸运的人，能站出来为你的不见得幸运的子孙们呐喊几声。

自己写的这些东西，都是一个很普通人家里的一些普通事，自然不如名人的生活那么有趣。唯一希望的就是让大家在这些普通人的身上，看到了社会变迁的轨迹，同时引起大家对社会改革的兴趣和思考。因为到今天我发现，其实经济分析不太难，而这些经济政策背后的利益政治才是最难分析清楚的。如果普通人不团结，自己不好好利用手里的一点点权力和影响力，政治最后无非就是许多利益集团之间错综复杂的关系和游戏而已。

最后希望，如果有一天，孩子问我，“妈妈，为什么北极没有企鹅？”我可以和他说，“以前的时候，妈妈认为主要是因为企鹅没有北极户口。现在嘛，妈妈得好好研究一下才回答出这个问题啦。”幸运的是到了 2014 年，“农村户口”名义上取消了，在乡镇范围内人口可以自由流动了。以后“农村户口”这四个字，就譬如“三寸金莲”一样，更多地出现在字典里，而不是报纸上。但是从乡镇到市到省到全国，到未来户口不能作为任何歧视的工具还需要走很长的路，还需要很多人不停地呐喊。